M ein besonderer Dank gilt

Aglaya von Reininghaus-Fickel für die
Aushändigung der Niederschriften ihres Bruders
Rüdiger von Reininghaus über die Erlebnisse
während seiner Gefangenschaft und seiner
Flucht. Sie war es auch, die mich immer wieder
dazu aufforderte, meine Eindrücke und
Erlebnisse in der Zeit von 1939 bis 1948
niederzuschreiben, was dann nach vierjähriger
Reifezeit auch geschah.

Monika Steininger, meiner Lebensgefährtin, die
anhand meiner Erzählungen die Idee zur
Titelgestaltung hatte und das Titelbild gemalt
hat.

Bodo Zieske, meinem Bruder und *Hannelore
Ludwig*, meiner Schwester, die mich mit
Fotoaufnahmen aus Berlin versorgten.

Frauke Vangierdegom, die mich tatkräftig
unterstützt und beraten hat.

All den Menschen, in Ost und West, die mir
geholfen haben.

Widmen möchte ich dieses Buch meinen beiden
Töchtern *Ute Jungbauer* und *Gisela Neuwirth*,
geborene Jüttner.

Klaus Jüttner, Dezember 2009

Klaus Jüttner
und Rüdiger von Reininghaus †

Sieg der Zufälle?

Ein Krieg – zwei Geschichten

Impressum

Copyright:
© Klaus Jüttner und Rüdiger von Reininghaus †

Umschlaggestaltung:
Monika Steininger

Fotografien:
Aus dem Privatbesitz der Familien Jüttner und von
Reininghaus

Herstellung und Verlag:
BoD - Books on Demand, Norderstedt.

ISBN: **978-3-7347-4974-2**

Bibliografische Information Der Deutschen Bibliothek
Die Deutsche Bibliothek verzeichnet diese Publikation in der Deutschen
Nationalbibliografie; detaillierte bibliografische Daten sind im Internet über
http://dnb.ddb.de abrufbar

Vorwort

Zwei junge Menschen – der eine noch ein Kind, der andere ein junger Mann – haben die Wirren des 2. Weltkrieges überlebt und auch die Zeit danach gemeistert. Beide haben sich in eine bessere Zukunft geflüchtet, sind dem Tod durch Bomben, Kugelhagel und anderen Grausamkeiten dieser Zeit entronnen. Kennen gelernt haben sich diese beiden Menschen nie – und doch verbindet sie viel mehr als nur dieses Buch.

Der eine, Klaus Jüttner, wurde 1933 geboren und hat seine Erinnerungen an die Jahre im KLV-Lager, die Bombenangriffe auf , den Kampf um und in Berlin und seine Flucht in den Westen in diesem Buch niedergeschrieben. Nicht jede Orts- oder Zeitangabe kann heute genau überprüft werden, die Erinnerung kann und darf von der wahren Begebenheit ein Stück weit abweichen.

Der andere, Rüdiger von Reininghaus († 2001), wurde 1925 geboren und geriet 1945 in russische Gefangenschaft. 2001 starb er in Brasilien. Posthum sind die Aufzeichnungen seiner Gefangenschaft und Flucht von Russland nach München in diesem Buch veröffentlicht.

War es Zufall, dass Klaus Jüttner die Schwester von Rüdiger von Reininghaus kennen lernte? War es Zufall, dass er im zarten Kindesalter seine leibliche Mutter im zerbombten Berlin wieder fand? Oder war es Zufall, dass Rüdiger von Reininghaus seine Fluchtpläne einer ihm fremden Frau anvertraute, die ihm half, statt ihn zu verraten? Zufälle scheinen sowohl das Leben von Klaus Jüttner als auch das von Rüdiger von Reininghaus immer wieder gerettet zu haben. Gibt es sie überhaupt – die Zufälle? Oder ist unser Leben von Anfang an voraus bestimmt, ist jeder Schritt, den wir gehen, schon choreographiert?

Erfahren werden wir das wohl nie, doch die Hoffnung, dass Zufälle unser Leben zum Besseren gestalten können, gibt uns die Kraft, den nächsten Schritt zu gehen.

Möge Ihnen dieses Buch den Mut geben, weiter zu machen, sich selbst und auch andere Menschen nie aufzugeben. So, wie der kleine Klaus Jüttner seinen Weg unbeirrt gegangen und Rüdiger von Reininghaus nie den Glauben an ein Leben in Freiheit nie aufgegeben hat.

M ein Konfirmationsspruch „Befiehl dem Herrn deine Wege und hoffe auf ihn. Er wird's wohl machen", dieser Spruch, den mir Pfarrer Twisselmann zu meiner Konfirmation mit auf den Weg gegeben hat, hat mich mein ganzes Leben lang begleitet. Schon die Umstände meiner Geburt am 23. September 1933 und die anschließende Nottaufe im Oktober in einem Berliner Krankenhaus zeigen, dass der Herr mich von Anfang an auf meiner Reise begleitet hat.

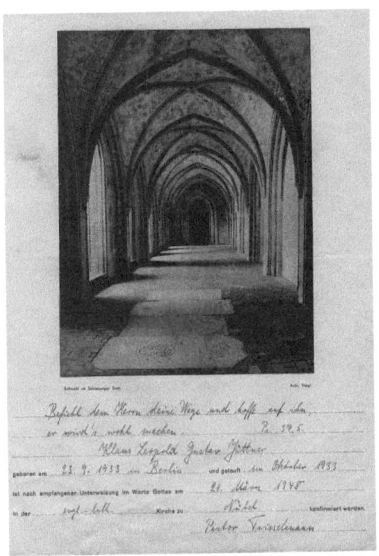

Mein Konfirmationsspruch

Eine Reise, die immer aufregend und manchmal beschwerlich war. Vor allem meine Kindheit habe ich ständig auf Reisen verbracht – die wenigsten davon freiwillig, aber alle voller Abenteuer und Gefahren. Und immer habe ich Menschen getroffen, die mir geholfen haben, die mich in ihre Obhut nahmen, die mich beschützt und geliebt haben. All denen, auch wenn ich viele nicht einmal mehr namentlich nennen könnte, möchte ich danken. Mit diesem Buch möchte ich mein Ehrgefühl zum Ausdruck bringen, meine Hochachtung und meine tiefe Dankbarkeit.

Meine Zeit in Krakau

1939 – meine Eltern hatten sich längst getrennt und wurden in diesem Jahr geschieden, zeitweise mussten wir Kinder im Waisenhaus leben. Es war das Jahr meiner Einschulung.
Meine Schwester Hannelore lebte bei meiner Mutter und ihrem neuen Freund und späteren Ehemann. Mein Vater heiratete 1940 seine Frau, die aus Nürnberg stammte und die er auf dem Reichsparteitag, zu dem er dienstlich abgeordnet war, kennen gelernt hatte.
Die beiden wohnten auch in Berlin, in der Cotheniusstraße 19, da wo auch die Mutter meines Vaters, also meine Oma lebte. Ich war überwiegend bei meiner Oma. Die Häuser der Straße bildeten mit Vorder- und Rückgebäude sowie den Seitenflügeln ein Quadrat, in dem sich ein riesiger Innenhof mit wunderschönen Rhododendren befand. Dieser Innenhof sollte schon bald eine wichtige Rolle in meinem Leben spielen.
Meinen Vater sah ich öfter als meine Mutter, denn zu ihr war mir jeglicher Kontakt verboten worden. Warum, das weiß ich bis heute nicht genau. Die Frage, was denn zur Trennung meiner Eltern geführt habe, stellte ich Mutter zwar

später einmal, eine Antwort darauf erhielt ich aber nie.

Ich sollte kurz nach Kriegsbeginn zu meiner Mutter, meiner Schwester und deren neuem Mann ziehen. Denn Vater war ja einberufen worden und musste nach Polen. Seine neue Frau war bei der Polizei in der Vermittlung tätig und sollte ebenfalls nach Polen versetzt werden. Einige Zeit vorher erinnere ich mich noch sehr genau an einen nicht sehr schönen Vorfall, der mich bis heute geprägt hat.

Mein Vater mit seiner neuen Frau und meine Mutter mit ihrem neuen Mann trafen sich auf der Straße vor dem Pantoffelgeschäft, Metzerstraße 42 am Senefelder Platz. Es gab auf offener Straße eine Auseinandersetzung zwischen den beiden Ehepaaren. Grund war meine zukünftige Unterbringung. Eigentlich sollte ich ja zu meiner Mutter ziehen, doch ihr Mann lehnte ab, weil für mich kein Platz in der Wohnung sei. Vater meinte, er könne mich nicht aufnehmen, weil er ja nach Polen müsse. Die Streitigkeiten gingen hin und her und eskalierten.

Irgendwann ging Vater mit seiner Frau fort, auch meine Mutter mit ihrem Mann ließ mich einfach auf der Straße stehen. Da stand ich nun wie ein begossener Pudel, todunglücklich, weil mich niemand haben wollte. Vater erbarmte sich dann doch noch meiner, drehte sich um, nahm mich und brachte mich zu meiner Oma.

Ständig auf Reisen

Dort blieb ich bis 1940, im Laufe des Jahres holten mich mein Vater und seine Frau dann nach Krakau nach.
Wir hatten dort eine Drei-Zimmer-Wohnung. Hannelore, meine Schwester, blieb bei Mutter in Berlin. Vater und seine zweite Frau waren damals bei der Polizei beschäftigt.
Die Schulzeit bis zur vierten Klasse in der Volksschule verlief in Krakau eigentlich ganz normal.

Ich war ein Schlüsselkind, denn Vater und seine zweite Frau arbeiteten ja beide. Vater war sogar des Öfteren länger von uns fort.

Durch die Schule lernte ich viele Jungs kennen, die schon immer in Polen lebten und zu der Zeit als „Volksdeutsche" galten, denn ihre Muttersprache war Deutsch, obwohl sie nicht in Deutschland lebten. Die Jungs sprachen natürlich auch polnisch, dadurch erlernte ich diese Sprache auch ein wenig. Tagsüber trieben wir uns überall herum und hatten viel Unsinn im Kopf. Ich durfte mit zu den Jungs nach Hause, auch hier haben wir uns ziemlich daneben benommen. Wir waren halt echte Lausbuben. Einmal schenkte mir einer von denen eine Uhr, die ich natürlich ganz stolz annahm. Später behaupteten sie dann, ich hätte mir die Uhr einfach genommen. Es gab einen fürchterlichen Krach zu Hause und zur Strafe musste ich für etwa sechs Wochen in ein Erziehungsheim nach Warschau.

Mit Mutter, so nannte ich Vaters Frau längst, bin ich des Öfteren in die SS-Kaserne gegangen. Dort lebten Gefangene, ich glaube es waren Juden, die dort arbeiteten. Wir ließen dort arbeiten. Und weil die Menschen dort sehr freundlich waren und uns Leid taten, haben wir immer wieder Lebensmittel oder Zigaretten dort hinein geschmuggelt.

In Krakau habe ich natürlich auch viel gesehen. Die Marienkirche zum Beispiel oder das Kopernikus-Denkmal. Ich erinnere mich auch noch an die Art Straßenbahn zu fahren. Der vordere Bereich war nur für die Deutschen zugänglich, die anderen – also die Polen – mussten hinten einsteigen. Aber ansonsten war das Leben in Krakau beschaulich und eigentlich ganz normal. Teilweise versorgte ich den Haushalt, ich machte sauber, wusch das Geschirr ab. Auch nach einigen größeren Feiern im Haus übernahm ich die Aufräum-Arbeiten.

Taschengeld gab es für uns Kinder nur am Sonntag, damit wir ins Kino gehen und die Eltern mal allein sein konnten.

Vater im Partisanen-Einsatz

Im Sommer 1942 war mein Vater im Partisanen-Einsatz. In den Sommerferien ist meine Mutter mit mir zu Vater gefahren. Also haben wir uns auf den Weg gemacht. Mit dem Zug sind wir die ganze Nacht durchgefahren und kamen in der Früh erst an einem verlassenen Haltepunkt an. Vielleicht war es Tomaszow oder Samosz.

Auf jeden Fall befanden wir uns im Partisanengebiet. Vater wusste natürlich nicht, wann wir ankommen würden und konnte uns auch nicht abholen. Also marschierten wir beide los. Es war heiß, die Sonne brannte vom Himmel. Wir liefen, kein Mensch war zu sehen auf der Landstraße. Allerdings entdeckten wir immer wieder Leute, die sich ganz schnell vor uns versteckten. Ich weiß noch, dass ich den Sommerhut meiner Mutter trug, weil die Sonne so sehr brannte.

Wir sahen Männer mit Nutztieren, meine Mutter meinte: „Das sind Hirten." Ob sie damals schon wusste, dass es sich um Partisanen handelte, weiß ich nicht.

In welche Gefahr wir uns begeben hatten, kann ich erst heute nachvollziehen. Wir sind

stundenlang gelaufen, die Kaserne, in der mein
Vater stationiert war, erreichten wir erst am
späten Vormittag.
Als er erfuhr, welchen Weg wir zurückgelegt
hatten, wurde er bleich und meinte: „Seid ihr
denn wahnsinnig, dieses Gebiet durchqueren wir
nur im Sicherungskonvoi!"

Meine Stiefmutter und ich

Oma Malzbier

Manchmal machte ich auch Urlaub bei meiner Oma in Berlin. Oma Malzbier nannte ich sie liebevoll und das aus gutem Grund: Oma und ich sind oft an die Spree hinunter gelaufen, dort, etwa da, wo heute das Regierungsviertel ist, legten die „Äppelkähne" aus dem Spreewald an und es wurden Obst und Gemüse ausgeladen. Dort haben wir Fallobst gekauft. Oma hatte eine Email-Kanne mit fünf Liter Inhalt.

Oma Malzbier

Darin trugen wir Malzbier nach Hause. Dort haben wir das Malzbier in Flaschen umgefüllt, die wir vorher mit Schrot gereinigt hatten. In den Ferien gab es dann zum Abendbrot ein Glas

Malzbier. Taschengeld gab es für uns Kinder keines, darum habe ich ab und zu ein bisschen was stibitzt, damit ich mir auch mal eine Wundertüte oder Kuchenkrümel kaufen konnte. Fünf Pfennig hat das gekostet, wir haben dazu „Sechser" gesagt. Das Leben war eben so, in der damaligen Zeit.

Leben in KLV-Lagern

Bis zur vierten Klasse in der Volksschule in Krakau. Ich hatte schon die Zulassung für die Mittelschule in der Tasche. Daraus wurde nichts mehr, weil der Befehl zur Kinderlandverschickung nach Horst Seebad uns erreichte. Jetzt hieß es für alle deutschen Kinder, ihr bisschen Hab und Gut zusammenraffen und ab in Richtung Deutschland. Wie genau die Abreise von statten ging, weiß ich heute nicht mehr. Doch an die Fahrt in den Güterzügen kann ich mich noch erinnern. Die Wagons waren spärlich mit Stroh und Decken ausgestattet. Erste Station dieser Reise ins Ungewisse war das früher deutsche Horst Seebad. Nicht lange dauerte der Aufenthalt hier, denn die russische Front rückte unaufhaltsam näher. Also hieß es für mich wieder einmal, meine sieben Sachen zusammenpacken und weiter ziehen. Bis nach Bansin, hier hatte man uns in einem Hotel einquartiert. 1996 wurde dieses Hotel abgerissen. Unser Tagesablauf bestand aus morgendlichem Unterricht beim KLV-Lagerleiter und am Nachmittag aus verschiedenen Freizeit-Aktivitäten. Vor allem an den Winter 1944/45 erinnere ich mich noch sehr genau. Es war bitterkalt, die Ostsee zugefroren. Ich weiß, dass ich wagemutig über die Eisschollen gelaufen bin und mir ein paar Mädchen zusahen, die schon etwas älter als wir Jungs und ebenfalls in Bansin Quartier bezogen hatten.

Unser Fähnleinführer war ein unsympathischer Zeitgenosse, der sich vor den jungen Dingern aufspielen wollte. Er drangsalierte uns Jungs, wann immer er konnte – nur um den Mädchen zu imponieren. Unter anderem hat er uns, bevor die Ostsee zufror, ins eisige Wasser geschickt. Doch hatte er die Rechnung ohne die Mädchen gemacht, die ihn wütend beschimpften und im vorwarfen: „Wie kannst du die Kinder nur so schikanieren!", einen positiven Eindruck hat er in jedem Fall nicht hinterlassen.

Auch die Zeit in Bansin währte nicht lange, der Russe kam wieder näher. Also verfrachtete man uns wieder in Güterzüge. Auf dem Weg nach Heldrungen an der Unstrut wurden wir teilweise von Tiefftliegern angegriffen. Wir waren tagelang unterwegs, weil wir immer wieder auf Abstellgleisen warten mussten, bis die Truppentransporte passiert hatten. In einer Gastwirtschaft war mal wieder ein kurzer Halt, ein weiteres Lagerleben wartete auf uns. Doch auch hier sollte ich keine Bleibe finden. Eines

Tages, ich weiß nicht mehr genau, wann das war, kam einer zu uns in das Gasthaus gerannt und schrie: „Die Amis kommen!" Für mich war dies der Grund, meine Reise ins Ungewisse fortzusetzen. Ich schnappte meine Schultasche – viel hatte ich ja in der Zeit nicht bei mir – und habe mich auf den Weg gemacht. Mit all meinem Mut und dem Willen der Entschlossenheit habe ich mich an die „Kettenhunde" gewandt, das waren die Feldjäger, von denen die Wehrmacht kontrolliert wurde. Die trugen um den Hals ein Blechschild, daher der Name „Kettenhund". Ich wusste, das die Feldjäger die Lastwagen der Wehrmacht stoppten und kontrollierten und bat darum, dass ich mit einem der Lastwagen nach Eilenburg bei Halle (hierher war mein Vater auf dem Rückzug von Krakau kurz stationiert, das habe ich von meiner Oma im KLV-Lager erfahren), oder nach Berlin zu meiner Oma mitgenommen werden könnte.

Ich setzte also meine Reise per Lastwagen fort. Kurz vor Eilenburg musste ich mit ansehen, wie die Stadt von einem Bombenangriff erschüttert wurde. Die Soldaten fuhren nicht weiter in die Stadt, also musste ich mich alleine auf den Weg zur Kaserne in Eilenburg machen. Doch Vater war längst nicht mehr dort stationiert. Also habe ich mich wieder mit Hilfe der Wehrmacht nach Berlin durchgeschlagen.

Wie lange ich unterwegs war, weiß ich heute nicht mehr. Doch letztendlich bin ich dann Anfang des Jahres 1945 bei meiner Oma in der Cotheniusstraße 19 angekommen. Irgendwann, einige Tage später, kam auch mein Vater vorbei. Seine Einheit befand sich auf dem Rückmarsch. Natürlich war die Wiedersehensfreude groß, Vater wollte, dass ich mit ihm weiter ziehe, denn die russische Armee rückte unaufhaltsam näher. Ich aber hatte im wahrsten Sinne des Wortes „die Schnauze voll vom rumreisen". „Nee", sagte ich, „ich bleib da!"

Haus in der Cotheniusstraße, vor Nr. 19

Bomben auf Berlin

Also quartierte ich mich bei meiner Großmutter ein, mehr schlecht als recht, denn wir hatten gerade mal eine Küche und ein Schlafzimmer zur Verfügung. Vom Treppenhaus aus ging es durch die Wohnungstür direkt in die Küche. Dort gab es ein eisernes Gussbecken, in dem konnten wir uns waschen. Vor dem Fenster im vierten Stock gab es einen Blumenkasten. Eine Tür führte von der Küche in das Wohn- und Schlafzimmer.

Die Toilette lag ein halbes Stockwerk tiefer, die mussten wir uns mit etlichen anderen Hausbewohnern teilen. Unser Leben war geprägt von Bombenangriffen, jeden Tag aufs Neue bangten wir darum, Opfer dieses Krieges zu werden. Dann wurden die Angriffe weniger, es war April. Wir hatten herrliches Wetter und ich saß gerne an Großmutters Fenster und schaute in den Himmel. Plötzlich kam ein riesiges Flugzeug und flog ganz langsam mit einem lauten Brummen über die Dächer hinweg. Ich rief: „Mensch Oma, da kommt ein Russe! Warum schießen die den denn nicht ab! Der hat doch einen roten Stern auf dem Flieger!" Erst viel später habe ich erfahren, dass es sich dabei um ein gepanzertes Aufklärungsflugzeug der russischen Armee gehandelt hat.

Unsere Truppen haben wohl gewusst, dass ein Angriff darauf ohne Erfolg geblieben wäre. Jetzt waren sie also zum Greifen nah, die russischen Soldaten. Im Radio hörten wir noch immer, das deutsche Entsatzarmeen und Panzer auf dem Weg nach Berlin seien, um die russischen Truppen zurück zu schlagen. Heute weiß ich, dass der Krieg zu der Zeit längst verloren war, aber als Kinder hatten wir natürlich noch immer die Hoffnung, Hitler und das Deutsche Vaterland würden als Sieger aus diesen Kämpfen hervor gehen.

Nichts war zu sehen von der angekündigten Hilfe, im Gegenteil, für uns begannen die schwersten, schlimmsten und gefährlichsten Kriegstage.

Aus dem Innenhof an der Cotheniusstraße, an die auch die Thornerstraße (heute: Conrad-Straße) angrenzt, waren die herrlichen Rhododendren-Büsche längst verschwunden. Aus den Höfen hatte man Löschwasserbecken gemacht um die verheerenden Brände nach den Bombenangriffen schnell unter Kontrolle bringen zu können.

An ein normales Leben war nicht mehr zu denken.

Zwei Wochen leben im Dunkel

Die Luftangriffe und der Beschuss der Stadt zwangen uns in die Keller der Häuser. Die waren überfüllt mit Frauen und Kindern, ab und an war auch ein Verwundeter dabei. Bei uns war ein Mann untergebracht, der nur noch ein Bein besaß.

Rund zwei Wochen hausten wir also in den Kellern, manchmal gab es keinen Strom, dann mussten wir uns mit Kerzenlicht behelfen. Einkaufen gehen konnten wir natürlich auch nicht mehr, doch das schlimmste war, dass es oftmals auch kein Wasser mehr gab.

Menschen können tagelang ohne Nahrung auskommen, aber nicht ohne Wasser. Dieses kostbare Nass war lebensnotwendiger als alles andere. Nun, wer schon einmal in Berlin war, weiß, dass es dort noch heute an einigen Straßen große Wasserpumpen gibt.

Diese Pumpen haben mir und vielen Menschen in den Kellern das Leben gerettet. Denn immer wieder schaffte es einer von uns, an den Pumpen frisches Wasser zu zapfen. Leider haben das auch viele mit dem Leben bezahlen müssen. Aber was zählte damals schon ein Menschenleben – das Sterben war für uns zur

Normalität geworden. Heute haben die Pumpen für die Berliner scheinbar keine Bedeutung mehr, niemand hat mehr einen Bezug zu den großen grünen Lebensrettern.

Wasserpumpen in Berlin

Diese Pumpen sollten auf Dauer erhalten bleiben, als Dank für die Überlebenden der damaligen Zeit. Diese Pumpen sollten in Ehren gehalten werden.

Ungefähr zwei Wochen muss das Leben im Dunkeln gedauert haben, aber so ganz genau weiß ich das nicht mehr. Dann eines Nachts hörten wir ein schreckliches Gebrüll. Jemand schrie: „Raus, raus, ihr müsst alle raus aus dem Keller! Das Haus brennt!" Wir sind natürlich fluchtartig nach oben, es war stockfinster. Warum meine Großmutter nicht mit uns gekommen ist und im Keller ihre Habseligkeiten zusammensuchte, ist mir bis heute unerklärlich. Es ist das letzte, was ich von ihr gesehen oder gehört habe. Zumindest für eine schier endlos lange und bange Zeit. Ich musste ja davon ausgehen, dass sie den Keller nicht lebend verlassen würde.

Draußen ging das Gebrüll weiter. Nichts ahnend fragte ich in die Menge: „Mensch, was ist denn da los? Sind das Kriegsgefangene?" Von hinten zischte mir eine Stimme zu: „Halt die Schnauze, das sind die Russen!". Sie waren also angekommen, in der Cotheniusstraße 19.

Der Weg hinter die Front

Wir sind geflüchtet. Wir, das waren schlussendlich vielleicht zehn Leute, Frauen und Kinder aus dem Keller. Zunächst in einen Hauseingang, durch den Hausflur und dann wieder hinaus. Wir standen in der Cotheniusstraße. An beiden Enden der Straße waren Barrikaden als Panzersperren errichtet worden, eine davon an der Ecke zur Thorner Straße, die andere gegenüber, an der Danziger Straße. Die waren schon vor dem Einmarsch der Russen gebaut worden und ließen nur wenig Platz um Fußgänger durchzulassen. Von beiden Seiten aus tobte der Straßen- und Häuserkampf. Uns blieb keine Wahl, irgendwie mussten wir die andere Straßenseite erreichen, denn hinter uns brannten alle Häuser. Ein unvorstellbares Durcheinander herrschte. Da waren die Kampftruppen der Russen, alles Mongolen. Sie trugen die Kabelrollen auf dem Rücken und rannten ganz gebückt oder robbten auf dem Boden entlang, um die Telefonleitungen für ihre Truppen zu verlegen.
Überall lagen gefallene Soldaten, Russen und Deutsche. Ein Menschenleben zählte nichts mehr.

Irgendwie ist es uns gelungen, die andere Straßenseite zu erreichen und uns in einem ehemaligen Kindergarten zu verstecken. Auf dem Weg dorthin mussten wir durch ein weiteres brennendes Gebäude in einen anderen Hinterhof. Hier in der Gegend um den Friedrichshain reihte sich ja Gebäude an Gebäude und Hinterhof an Hinterhof. In einem der oberen Stockwerke eines brennenden Hauses sah ich ein junges Mädchen auf dem Fensterbrett stehen. Sie hat geschrieen und ist dann in die vor dem Haus liegenden glühenden Holzbalken gesprungen. Regungslos blieb ihr Körper in den glühenden Trümmern liegen. Diesen Anblick werde ich wohl mein Leben lang nicht mehr vergessen und ihren Schrei höre ich manchmal immer noch. Helfen konnten wir ja nicht, wir hatten schon genug damit zu tun, unser eigenes Leben zu retten. Dann endlich kamen wir in dem ehemaligen Kindergarten für einen kurzen Moment zur Ruhe. Doch der vermeintliche Friede währte nicht lange, Russen stürmten in das Gebäude. Sie schrieen immer nur so etwas wie „Uhri, Uhri, Uhri!" Sie wollten die Uhren der Frauen, den Schmuck und was immer diese an Wertgegenständen noch bei sich trugen. Ich hatte schrecklich Angst. Einer der Männer hatte seine

Maschinenpistole in der Hand, hat mit ihr herumgefuchtelt. Jeden Moment hätte er einen von uns erschießen können. Uhren hatte von uns längst keiner mehr. Eine der Frauen in unserer Gruppe gab ihm einen Wecker, den warf er verachtend auf den Boden. Dann hat er mit seiner Knarre geschossen, zum Glück nicht auf einen von uns, sondern an die Decke. Kurz darauf betrat ein Offizier den Raum. Wie sich später herausstellte, befand sich oberhalb des Kindergartens eine Befehlsstelle der Russen. Der Offizier hat den schießwütigen, völlig betrunkenen Kameraden mit roher Gewalt aus dem Raum gezogen. Später, als auch wir den Kindergarten wieder verlassen haben, lag er draußen auf der Erde – tot. In Massen lagen überall Russen, Deutsche, Soldaten und Zivilisten tot herum. Doch uns blieb keine Zeit, uns darüber Gedanken zu machen. Wir mussten weiter, hinter die Barrikade im Osten. Endlich hatten wir die Thornerstraße erreicht. Da war eine Kreuzung: Über die mussten wir drüber, dort ging es zum Schlachthof und der lag schon hinter der russischen Frontlinie. Und wir wussten: Sobald wir die Front hinter uns gelassen hätten, wären wir einigermaßen sicher. Also sind wir, einer nach dem anderen über die

Kreuzung gerannt. Natürlich wurden wir sofort unter Beschuss genommen, ich habe sogar eine Kugel ganz nah an meinem Kopf vorbei zischen gehört. Aber wir hatten es geschafft, wir befanden uns hinter der Front. Hier wimmelte es nur so von russischen Soldaten und sehr vielen Geschützen. Wir suchten eine Laubenkolonie auf. In der Laubenkolonie haben wir Mohrrüben und ein paar Kartoffeln gefunden und roh gegessen. Was für ein Genuss! Wir hatten ja schon eine ganze Weile lang nichts mehr zu essen oder zu trinken bekommen.

Warmes Essen konnten wir uns erst recht nicht zubereiten, Feuer machen ging ja nicht. Die Russen hätten uns sonst sicher entdeckt. Sie lagen überall auf den Laubendächern in Stellung. Wir hielten uns mucksmäuschenstill in einer der fremden Lauben auf. Auf keinen Fall durften wir die Russen auf uns aufmerksam machen.

In den Kriegswirren gab es ja kaum noch ein meins und deins. Da, wo du dich einigermaßen sicher fühlen konntest, da bist du geblieben. Kurz nachdem wir die Laube bezogen hatten, in der wir mucksmäuschenstill saßen, flog die Tür zu der Laube auf und ein russischer Offizier in Begleitung einiger Soldaten stand im Raum. „Brauchen keine Angst haben", sagte er in gutem

Deutsch zu uns. Ich glaube, der Soldat dürfte so etwa 30 Jahre alt gewesen sein, den werde ich nie mehr vergessen, er war ein Offizier.

Im Garten der Laube gab es einen Erdbunker. Wir baten ihn darum, in diesen Erdbunker gehen zu können, dort wären wir sicherer. Der russische Offizier gab seinen Soldaten den Befehl, den Bretterverschlag zum Bunker aufzuschießen. Sie taten es und schossen den Eingang frei. Dann kontrollierten sie das Innere und wir durften von der Laube in den Bunker umziehen. Der Umzug fand unter der Beobachtung der auf den Laubendächern liegenden Soldaten statt, die uns sicherten. Ich traute meinen Augen nicht: Der ganze Erdbunker war voller Kleider. Es roch nach Mottenkugeln. Hier hatte wohl jemand versucht, sein Hab und Gut durch den Krieg zu retten. Das ganze Zeug wurde aus dem Erdbunker geräumt, so dass wir darin Platz fanden.

Eine der Frauen hat Bohnenkaffee gekocht. Bohnenkaffee – 1945 eine kleines Wunder! Der Offizier setzte sich auf eine der Treppenstufen, die zum Bunker hinunter führten, nahm eines der kleineren Kinder auf seinen Schoß und erzählte uns von sich. So erfuhren wir, dass er in Berlin studiert hatte und wohl deshalb den Bewohnern

der Stadt wohl gesonnen war. Langsam
beruhigten sich unsere Gemüter, ein kleines
Stück Normalität kehrte ein.
Auch die Kämpfe draußen ließen nach,
Bombenangriffe gab es keine mehr und der
Frühling hatte längst Einzug gehalten. Nach
einigen Tagen haben wir uns wieder auf den
Weg gemacht, Richtung Cotheniusstraße, um
nach unseren Häusern zu schauen. Die meisten
Häuser in der Cotheniusstraße waren
ausgebrannt, nur die Ruinen standen noch. Sonst
gab es überall nur Trümmer in der Stadt.
Orientieren konnten wir uns nur am Roten
Rathaus in der Stadt, das hatte den Kampf ganz
gut überstanden.

Das Kriegsende

Am 8. Mai 1945 kapitulierte Deutschland, der Krieg war zu Ende. Ich hatte in der Zwischenzeit Unterschlupf bei einer Familie gefunden, in der Nähe der Schönhauser Allee. Warum auch immer, kann ich mich nicht mehr an deren Namen erinnern. Nur eines ist mir im Gedächtnis geblieben. Das Ehepaar hatte eine Tochter, die war damals 19 Jahre alt. Ich weiß noch, dass dieses Mädchen von ihren Eltern so verkleidet wurde, dass sie einer alten Frau gleich sah. Nur so konnten sie verhindern, dass ihre Tochter nach der Kapitulation den russischen Soldaten nicht hin die Hände fiel und kein Opfer deren schrecklichen Vergewaltigungen wurde. Die Russen machten ja vor keiner Wohnung Halt, immer auf der Suche, ob sich darin noch deutsche Soldaten versteckt hielten.

Aber weder wo wir lebten noch wie ich zu dieser Familie gekommen bin, kann ich nicht mehr nachvollziehen. Das stimmt mich bis heute sehr traurig. Ich habe längst versucht, eine Spur zu diesen Menschen zu finden, die mich als wildfremden Jungen in ihre Obhut genommen hatten. Leider vergeblich. Doch vielleicht gibt es unter den Lesern dieses Buches einen Menschen, der sich an mich, einen kleinen, gerade elfeinhalbjährigen Jungen, erinnern kann, der im Raum Cotheniusstraße, Thornerstraße oder Friedrichshain ohne Eltern unterwegs war. Erinnern kann ich mich daran, dass in der Nähe der Wohnung die Hochbahn fuhr. Von dort aus machte ich mich täglich auf die Suche, ich wollte meine eigene Familie wieder finden. Doch wo sollte ich meine Suche beginnen? Oma hatte ich ja seit der Flucht aus dem Keller nicht mehr gesehen und wo mein Vater oder meine Mutter sein konnten, wusste ich auch nicht.

Ein Wunder im Trümmerhaufen

Ich bin den ganzen Tag durch die Straßen geirrt, überall Trümmer, alles war kaputt. In der Cotheniusstraße standen nur noch drei oder vier Häuser, die nicht ausgebrannt waren. An das Haus meiner Großmutter erinnerte nur noch die Fassade. Auch in der Weinstraße, wo meine Mutter mit meiner Schwester und meinem kleinen Bruder, der war gerade drei Jahre alt, vor dem Sturm der Russen auf Berlin wohnte, lag alles in Schutt und Asche.

Wie lange ich durch Berlin gezogen bin, weiß ich nicht, es müssen aber schon zwei oder drei Tage gewesen sein. Ich schlug den Weg in Richtung Friedrichshain ein. Dort gab es einen riesigen Luftschutzbunker, der war jetzt in russischer Hand. Ich ging also am Friedrichshain entlang, rechts der Hain und links standen die Häuser. Es war ein schöner Tag im Mai. Und während ich so vor mich hin lief, zog es meinen Blick an den Häusern empor. In einem der Häuser - Am Friedrichshain Nr. 14 - stand eine Frau auf dem Balkon im dritten Stock und schaute in genau diesem Moment zu mir herunter. Es war meine leibliche Mutter! Das Schicksal hatte mich in den Friedrichshain und sie auf den Balkon einer wildfremden Wohnung geführt. Endlich hatte ich wieder eine Familie! Mutter lebte hier zusammen mit meiner Schwester Hannelore und meinem Stiefbruder Bodo Zieske. Also blieb ich.

Hannelore und Bodo

Jeden Tag, wenn wir auf dem Balkon standen und auf den Friedrichshain hinüber schauten, sahen wir die Russen, die einen riesigen Haufen an Kartoffeln gesammelt hatten.

Kartoffeln! Das war in diesen Tagen die reinste Delikatesse, wertvoller als jeder Barren Gold! Ich fasste mir ein Herz und schlich mich eines Tages an eben diesen Kartoffel-Berg heran. Ich habe Kartoffeln organisiert – so nannten wir das damals zumindest. Mutter bereitete uns daraus ein Festmahl zu.

Friedrichshain 14

Ich erinnere mich auch noch ganz genau daran, dass die russischen Soldaten Pferde hatten, welche sie über die wenigen Stufen in den Hauseingang führten, dann in den Innenhof. Dort haben sie mit ihren Pferden gelagert.

Dann kam Weihnachten, und wieder hieß es „organisieren". Ich hatte den Wunsch, für die Familie einen Weihnachtsbaum zu organisieren. Dazu bin ich mit der Straßenbahn bis nach Köpenick, von dort mit einem Doppeldeckerbus, die ja teilweise schon wieder verkehrten, in Richtung Müggelberge gefahren. Einer meiner Freunde begleitete mich. Langsam wurden ja die Trümmer weggeräumt, die Oberleitungen waren zum Teil schon wieder in Ordnung. Wir haben uns einen Sack organisiert und eine Säge. Werkzeug war rar zu der Zeit.

An einer der Haltestellen am Waldrand sind wir ausgestiegen. Dann haben wir die hohen Bäume angeschaut. Einen entdeckten wir, der hatte eine schöne Spitze. Wir hatten natürlich fürchterliche Angst! Ich bin auf den Baum geklettert, vielleicht vier, fünf Meter hoch. Aber ich habe mich oben festgehalten und unten gesägt. Dann ging es natürlich mit Getöse in die Tiefe. Ich lag da wie ein Maikäfer auf dem Rücken und bekam keine Luft mehr. Meinen Baum habe ich aber in der Hand gehalten. Aber mein Freund rief mir zu: „Bist denn du wahnsinnig, mach nicht solchen Lärm!"

Als es mir wieder ein bisschen besser ging, machten wir uns mit dem Baum im Sack auf den

Heimweg. Wir liefen Richtung Bushaltestelle. Ich hatte arge Schmerzen vom Sturz. Wir stiegen in den Bus, der Schaffner fragte: „Na, habt ihr Bäume geklaut?" Da rufe ich doch gleich die Polizei. Uns überkam eine fürchterliche Angst. In Köpenick verließen wir fluchtartig den Bus und fuhren mit der Straßenbahn wieder nach Hause.

Den Weihnachtsbaum samt Sack und Säge waren wir los, den hatten wir im Bus zurück gelassen.

Also kam ich nach Hause ohne Baum und ich musste obendrein noch das Bett hüten. Der Sturz hatte mir schon sehr zugesetzt. Noch heute überkommt mich ein schlechtes Gewissen, wenn ich an diese Zeit zurück denke. Doch das „organisieren" sollte schon bald zu meinen täglichen Aufgaben gehören. Denn kurze Zeit später kehrte auch mein Stiefvater zu uns zurück. Den mochte ich nicht, in meinen Augen war der sehr unangenehm und ungerecht. Ja, der Zieske war ein egoistischer und eigensinniger Mensch. Der sagte zu mir: „Du bist der Holzminister, du bist dafür verantwortlich, dass wir nicht frieren. Ich war im Krieg, habe starke Thrombose und kann nicht arbeiten und bin jetzt hier, um euch zu beschützen. Also musst du Holz besorgen."

Mir blieb keine Wahl, ich musste organisieren.
Ich bin in die Gärten rund um den Friedrichshain
und habe unreifes Obst gepflückt. Alles, was
irgendwie essbar war, wurde organisiert. Einmal
wurde ich erwischt und habe mit einer Zaunlatte
ordentlich Prügel kassiert.
Langsam wurde die Zeit wieder besser. Wir sind
in die Metzerstraße 25 umgezogen, in den 3.
Stock. Der Zieske hatte ein Latschengeschäft,
vor dem Krieg. Jetzt begann er wieder, Latschen
zu produzieren. Mutter hat mich immer wieder
einmal beim Organisieren begleitet.
Wir sind dann raus gefahren Richtung
Straußberg zu den Rieselfeldern, da gab es
Mohrrüben, Kartoffeln und so. Ich musste dann
auf dem Bauch über die Felder kriechen und
einsammeln, was auf den Feldern zu finden war.
Wenn man Pech hatte und erwischt wurde,
nahmen sie einem alles ab.
Ich habe aus den Trümmern verkohlte Balken
und Bretter geborgen. Aus Häusern, die durch
Luftminen zerstört, aber nicht verbrannt waren,
konnte ich teilweise gutes Brennholz mit nach
Hause schleppen. Kohlen bekamen wir ja keine
zu kaufen.

Mein Weg in den Westen

Mittlerweile schrieben wir das Jahr 1946. Endlich erfuhr ich auch, dass meine Oma den Krieg überlebt hatte und immer noch in Berlin war und in einem Heim lebte. Ich habe sie natürlich gleich besucht. Die Wiedersehensfreude war unendlich groß. Oma erzählte mir dann auch, dass auch mein Vater überlebt hat und mittlerweile in Brekling, Kreis Schleswig, untergekommen war und bei der dortigen Polizei arbeitete.

In mir reifte schon bald der Entschluss, mich zu meinem Vater durchzuschlagen. Ich wollte einfach nur weg von diesem Zieske. Natürlich musste ein solches Unternehmen gut geplant werden, aber ich hatte ja im Laufe meines noch sehr jungen Lebens schon genügend Erfahrungen im alleine Reisen gesammelt. Einer Nachbarin gab ich eine Brotmarke, etwas anderes besaßen wir ja nicht, damit sie mir – rechtzeitig vor meiner Flucht – einen Laib Brot besorgen konnte.

Jeden Mittwoch ging meine Mutter jetzt alleine zum Hamstern. Für mich hatte ja die Schule schon wieder begonnen, da konnte ich nicht mehr mit. Mittlerweile war es Juni geworden. An einem Mittwoch stand mein Entschluss fest: Morgen mache ich mich auf den Weg zu meinem Vater! Mein Brot hatte ich mir bereits bei unserer Nachbarin abgeholt und meine Schultasche war gepackt.

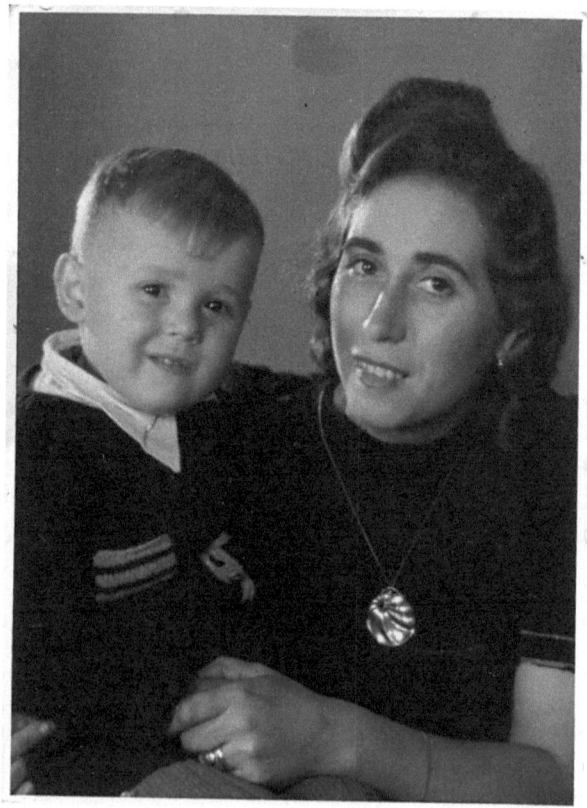

Meine Mutter und Bodo

Doch hatte ich die Rechnung ohne Mutter
gemacht. Vermutlich hat ihr unsere Nachbarin
von meinen Fluchtplänen erzählt. Jedenfalls ging
Mutter an diesem Tag nicht zum Hamstern. Ich
musste also um halb acht in Richtung Schule
losmarschieren. Es sollte ja niemand etwas
merken. Mutter ist mir nachgegangen.
Selbst in den Schulhof ist sie mir gefolgt. Ich
habe mich dann auf dem Klo versteckt, mit samt
meiner Schultasche. Mutter ist zu meinem Lehrer
gegangen, hat mit ihm ein paar Worte gewechselt
und ist, ohne mich auch nur eines Blickes zu
würdigen, wieder von dannen gezogen.
Natürlich hat mich mein Lehrer auf meine
Fluchtpläne angesprochen. Ich erzählte ihm von
meinen Beweggründen. Als er mir aber
eröffnete, er werde sich an die Fürsorge wenden,
haben bei mir alle Alarmglocken gleichzeitig
geklingelt! Mit der Fürsorge wollte ich nie
wieder etwas zu tun haben, nur zu gut hatte ich
noch die Zeit im Waisenhaus in Erinnerung. Ich
schnappte mir meine Schultasche, in der ja auch
mein Brot war, nahm meine Beine unter die
Arme und haute ab. Heute vermute ich, dass die
Polizei bereits alarmiert und auf der Suche nach
mir war. Später erfuhr ich, dass meine echte
Mutter meine Großmutter angezeigt hatte, wegen

Kindesentführung. Nur, weil Oma mir die
Adresse meines Vaters mitgeteilt hatte!
Neben meinen Schulsachen und dem Laib Brot
hatte ich auch noch 50 Reichsmark bei mir. Die
hatte ich mir zuvor mühsam zusammen gespart.
Verdient hatte ich das Geld durch Koffertragen.
Ich machte mich auf den Weg zur S-Bahn und
kaufte mir eine Fahrkarte bis Spandau, die
kostete 30 Pfennig. Ich hatte meine Reiseroute
bereits im Vorfeld genauestens
ausgekundschaftet. Mittags, so gegen halb 12
kam ich in Spandau an.
Langsam aber sicher füllte sich der Bahnsteig
mit Menschen. Einige von ihnen saßen auf den
Bänken, die dort Rücken an Rücken aufgereiht
waren. Es kamen immer mehr Leute, der Zug in
Richtung Oebisfelde, den auch ich besteigen
wollte, sollte gegen vier Uhr Spandau verlassen.
Natürlich zog ich neugierige Blicke auf mich,
schließlich war ich ein kleiner Steppke, der sich
alleine, ohne Eltern oder andere Erwachsene, auf
dem Bahnsteig herumtrieb. Ich fing dann an, zu
erzählen, dass ich von meinem Stiefvater
abgehauen sei. Dass der mich verprügelt hat und
ich immer für ihn klauen musste. Und dass ich
jetzt auf dem Weg zu meinem richtigen Vater
war.

Zu der Zeit konnte niemand einfach so mit dem Zug von Spandau nach Oebisfelde fahren. Schließlich lag Oebisfelde direkt an der Grenze zum Westen. Jeder, der eine Fernbahn benutzen wollte, musste eine Erlaubnis der russischen Kommandantur vorweisen können. Die hatte ich natürlich nicht und einen Fahrschein für den Zug genauso wenig.

Doch die Leute, die mit mir auf dem Bahnsteig standen und saßen, schienen Mitleid mit mir zu haben. Denn als die Kontrolleure kamen, konnte ich immer wieder meinen Platz zwischen den Erwachsenen auf den Bänken wechseln, so dass ich nie in die Verlegenheit kam, eine Fahrkarte oder den Erlaubnisschein vorzeigen zu müssen. Verraten hat mich niemand! Dann kam der Zug und wir stiegen ein. Die Waggons waren brechend voll, so dass ich auch hier den Fängen des Kontrolleurs unbeobachtet immer wieder entkommen konnte. Ich befand mich also auf dem Weg in den Westen.

In Rekordzeit in die Freiheit

48 Stunden nach meiner Flucht aus dem Schulgebäude und mit nur 30 Pfennig Fahrgeld kam ich in Oebisfelde an. Eine Reise von Berlin bis Schleswig, damals war es eine Rekordzeit. Immer wenn ich später diese Geschichte erzählte, war mir die Hochachtung meiner Zuhörer gewiss.

In Oebisfelde traf ich auf eine Gruppe Reisende, die ebenfalls in den Westen wollten. Wir hielten uns am Bahnhof auf. Immer, wenn ich Polizisten sah, versteckte ich mich, ich war ja der Meinung, Mutter würde mich suchen lassen. Und so war es auch!

Am Abend unserer Ankunft in Oebisfelde konnten wir nicht in den Westen, also machten wir uns am nächsten Morgen um fünf Uhr auf den Weg. In der Gruppe waren auch zwei junge Mädchen, die ständig kicherten und uns dadurch in eine unglaubliche Gefahr brachten.

Um fünf in der Früh war es in dem kleinen Ort totenstill, natürlich war das Gekicher der beiden weithin zu hören. Und tatsächlich, plötzlich schrie jemand: „Stoi, stoi, stoi!" und es fielen Schüsse. Ich versteckte mich sofort an einem Haus um die Ecke.

Die Leute, die dort wohnten, waren von den Schüssen wach geworden und haben mich herein gelassen.

Ich erzählte ihnen von meiner Absicht und sie halfen mir in dem sie mir sagten: „Du gehst jetzt auf den Eisenbahnschienen zur Brücke. Dort stehen Russen. Wir geben dir ein paar Stullen mit. Du musst nur sagen, dass du die den Leuten auf den Feldern bringst." Denn auf der Westseite lagen einige Felder, die von den Menschen im Osten in Oebisfelde noch bewirtschaftet wurden. Es war Juni, die Heuernte war in vollem Gange. Ich bin also auf den Schwellen auf einer Brücke über die Aller gelaufen. Die Aller war der Grenzfluss. Die russischen Grenzposten hielten mich natürlich auf. Weil ich aber kein russisch konnte, und sie mich nicht verstanden, öffnete ich meine Schultasche und deutete erst auf die Stullen, dann auf die Bauern auf dem Feld. Das haben die Soldaten wohl kapiert und ich passierte die Zonengrenze und war in der Britischen Zone. Erst bin ich zu den Bauern auf dem Feld und habe ihnen erklärt, was ich hier mache. In der Nähe standen Nissenhütten, in die schaute ich hinein, es war niemand da.

Bis heute bin ich den Menschen in Oebisfelde unendlich dankbar, dass sie mir bei meiner

Flucht in die Freiheit geholfen haben. Ohne sie
wäre ich wohl nie zu meinem Vater gelangt.
Entlang der Bahnlinien führte mich mein Weg
dann ungefähr sieben Kilometer weiter nach
Vorsfelde.

Meine Eltern und ich, 1946

Im Bahnhof von Vorsfelde kaufte ich mir wieder
eine Fahrkarte mit dem Ziel Hamburg. Die
Fahrkarte kostete 50 Mark, mein ganzes
erspartes Geld reichte nur noch bis Hamburg!
Endlich saß ich im Zug, das waren Wägen der 3.
Klasse mit Holzbänken und für jedes Abteil eine
eigene Tür. Die Leute im Zug wollten natürlich
wissen, warum ich kleiner Pimpf alleine
unterwegs war, wo ich herkam und wohin ich

wollte. Als ich meine Geschichte erzählte, waren sie so begeistert, dass mir einige Geld gaben, damit ich mir auch noch die Zugfahrkarte für die Weiterfahrt ab Hamburg kaufen konnte.
Schließlich musste ich noch bis nach Brekling, Kreis Schleswig (Angeln), das lag noch einmal rund 140 Kilometer nördlich von Hamburg. Ich habe es schließlich geschafft und konnte sogar bei der Polizei in Schleswig anrufen. Vater holte mich am Bahnhof ab.

M

eine schönste Schulzeit

Fortan lebte ich also in Brekling und
konnte erstmals wieder an einem geregelten
Leben und einem normalen Schulalltag
teilnehmen. Die Schulzeit in der Volksschule in
Nübel, einem Nachbarort, gehört zu den
schönsten Erinnerungen an meine Kindheit und
Jugendzeit. Zum ersten Mal in meinem Leben
hatte ich ein Gefühl von Zugehörigkeit, der
Klassenverband hat meiner Seele sehr gut getan.
Erinnern kann ich mich noch an drei Namen
meiner Schulkameradinnen, Anita Erichsen (sie
starb am 13. Juli 2009) und Inge Port sowie
Maria Boysen. Anita war damals die Beste in
Rechnen, ich der Beste in Deutsch. Bis heute bin
ich den dreien, aber auch allen anderen in meiner
Klasse, die ich ja zwei Jahre bis 1948 besuchte,
dankbar für diese schöne Zeit. Auch wenn das
letzte halbe Schuljahr für mich zu einer
besonderen Anstrengung wurde, war doch Vater
im Herbst 1947 versetzt worden und nach
Schleswig in den Stadtweg 18 umgezogen. Dort
wohnten die Familien jeweils in einem Zimmer.
Und weil ich nicht schon wieder zu den
Reisenden gehören, sondern in meinem
Klassenverband bleiben wollte, blieb mir nichts

anderes übrig, als täglich die sieben Kilometer lange Strecke zur und von der Schule mit dem Fahrrad zurück zu legen.

Nach dem Unterricht musste ich noch nach Brekling fahren um dort bei Schweizern auf den Höfen zu hamstern. Zwei Weinflaschen voll Magermilch brachte ich dabei immer mit nach Hause.

In Schleswig lebten wir, wie schon erwähnt, auf sehr engem Raum. Zu der Zeit gab es in Schleswig immer wieder mal Stromsperre um Strom zu sparen. Bei uns in der Wohnung wohnte auch Doris Reincke mit ihrer Familie. Mit ihr habe ich diese Zeiten genutzt, um ein bisschen zu kuscheln. Die hatte ich unheimlich gern. Mit ihren Eltern haben wir oft Monopoly gespielt, Fernsehen gab es ja in dieser Zeit noch nicht. Leider habe ich zu Doris keinen Kontakt mehr, sie muss in eine Bäckersfamilie oder ähnliches in Schleswig eingeheiratet haben.

Mit Doris bin ich auch mal ins Kino gegangen. Der Film hieß „Sag die Wahrheit", wer mitgespielt hat, weiß ich nicht mehr. Aber den Inhalt weiß ich bis heute: Zwei Männer schlossen eine Wette ab, das einer von ihnen 24 Stunden lang die Wahrheit sagen könne. Der Mann ist im Irrenhaus gelandet. Das war für mich so beeindruckend, dass ich das bis heute nicht vergessen habe.

Eine weitere Begebenheit ist mir besonders im Gedächtnis geblieben: An unserer Schule wurde oft und gerne Theater gespielt. Auch ich bekam eine Rolle und stellte einmal den Matthias Claudius dar. Ich kenne noch heute das seltsame Gefühl in mir, als ich vor dem gesamten Publikum herzhaft in ein Leberwurst-Brot beißen musste. Ein Leberwurst-Brot! Auch 1946 war das noch etwas ganz besonderes.

Dann kam meine Konfirmation, die am 21. März 1948 in Nübel, Kreis Schleswig, stattfand. Aus alten Jacken und sonstigen Stoffresten wurde für mich eine Konfirmationsjacke genäht.

Meine Schulzeit ging zu Ende, im März 1948 ging ich los und suchte mir Arbeit. Schleswig-Holstein war zu der Zeit überfüllt mit Flüchtlingen, Lehrstellen gab es so gut wie keine.

Ich versuchte mein Glück beim Bauern Friedrich Schmidt in Brekling auf der „Fünfzehn" und bewarb mich dort als Knecht. Er sah sich mein Zeugnis an, das wahrlich nicht schlecht war und meinte dann auf Plattdeutsch zu mir: „Dein Zeugnis ist ja ganz gut, aber du hast ja nichts in den Armen!". Wohl war, der kräftigste war ich

wirklich nicht. Sein zufällig anwesender
Schwager sagte darauf: „Fide, das soll er doch
bei dir kriegen."
Und so wurde ich 2. Bauernknecht, erhielt 50
Reichsmark und freie Kost und ein Lager. Nach
vier Wochen schon durfte ich alleine mit zwei
Pferden hinaus und das Feld eggen. Ich lernte,
die Kühe zu melken und den Umgang mit der
Sense. Mir machte die Arbeit unheimlich Freude.
Gegenüber dem Bauernhof des Bauern Friedrich
Schmidt lag der von Bauer Rasmussen. Hier fand
mein Schulfreund Claus Peter Boysen eine
Stelle. So war ich nicht alleine und fremd.
Essen gab es so reichlich, dass ich trotz der
vielen Arbeit sogar ein wenig zunahm. Honig
von den Bienen und Wurst und Fleisch kamen
auf den Tisch. Es war wie im Schlaraffenland,
nach all der Zeit der Entbehrungen!
Richtig satt geworden war ich ja schon ewig
nicht mehr! Und dann das: Es gab
Buchweizenklöße mit Speck und Sirup. Alle
saßen am Tisch und freuten sich über dieses
Festmahl. Der Bauer meinte zu mir: „Jeder darf
so viele Klöße essen, wie er alt ist." Ich dachte
mir: „Vierzehneinhalb Klöße – das schaffe ich
locker", und fing an zu essen. Die erste Hälfte
verspeiste ich tapfer, dann wurde es immer

schwerer. Die anderen waren längst vom Tisch aufgestanden, die Arbeit rief ja langsam wieder. Ich aber stopfte mir Bissen um Bissen in den Mund. Schließlich hatte ich ja eine dicke Lippe riskiert und wollte vor den anderen nicht als Schwächling da stehen. Ich schaffte die Klöße, doch in der Nacht ging es mir hundeelend. Ich bekam Schüttelfrost und musste einige Tage das Bett hüten. Beides möchte ich nie wieder erleben: Den quälenden Hunger im und gleich nach dem Krieg und dieses Gefühl der völligen Übersättigung.

Bauer Fide und seine Familie mit Franziska Jüttner, meiner ersten Frau.

Dann, am 21. Juni 1948 kam die Währungsreform und jeder Bürger erhielt 40 Deutsche Mark und die Lebensmittelmarken wurden abgeschafft. Quasi über Nacht gab es fast alles zu kaufen!

Ein Jahr blieb ich beim Bauern Fide, dann wurde mir eine Lehrstelle als Bäcker angeboten.

Obwohl mich der Bauer gerne behalten hätte, mir noch vieles beibringen wollte und mir sogar vorschlug, in einen Bauernhof einzuheiraten, kündigte ich. Das alles war mir zu unsicher – Freude gemacht hatten mir das Leben und die Arbeit dort aber sehr.

Die Bäckerlehre trat ich am 1. April 1949 in Treia, Kreis Schleswig an. In meinem Lehrvertrag war keine „Erziehungsbeihilfe“, so bezeichnete man Lehrgeld damals, vorgesehen. Es gab nur Kost und Logis.

Heute glaube ich, dass auch hier der liebe Gott seine schützende Hand über mich gehalten und mir den rechten Weg gewiesen hat, so wie es Pfarrer Twisselmann mir zu meiner Konfirmation in einem Spruch mit in die Zukunft gegeben hat:

„Befiehl dem Herrn deine Wege und hoffe auf ihn. Er wird's wohl machen.“

Mein Weg zum Ich

Rüdiger von Reininghaus erlebte die Große Schlacht am Weichselbogen und geriet in russische Gefangenschaft. Seine schrecklichen, aber auch wundervollen Erlebnisse in Gefangenschaft und auf seiner langen Flucht in die Freiheit hat er handschriftlich niedergeschrieben und seiner Schwester vermacht.

Rüdiger, Edler von Reininghaus wurde am 18. Oktober 1925 in Mauern (Oberbayern, Landkreis Fürstenfeldbruck) geboren und starb am 24. Februar 2001 in Brasilien.

Seine Kindheit verbrachte er auf dem elterlichen Gutshof in Mauern. Im jungen Alter von 17 Jahren wurde er zum Arbeitsdienst eingezogen, kam zur Wehrmacht und musste seinen Einsatz im 2. Weltkrieg an der Ostfront leisten.

1954 wanderte Rüdiger von Reininghaus nach Brasilien aus. Er war dort verheiratet und lebte mit seiner Frau und zwei Söhnen weit weg von der Heimat.

In Brasilien setzte sich Rüdiger von Reininghaus für die Rechte und für bessere Lebensbedingungen der Indianer im Amazonasgebiet ein.

Bis zu seinem Tod führte er Hilfsprojekte durch.
Mehrmals besuchte er seine alte Heimat, von der
heute nur noch das ehemalige Elternhaus und die
Kapelle mit der Familiengruft erhalten sind.

Aufzeichnungen

Titelblatt der
handschriftlichen

Schlacht am Großen Weichselbogen

Es war am 12. Januar 1945 um 03.00 Uhr, als die gewaltige Schlacht am Großen Weichselbogen begann. Aus den enormen russischen Truppenbereitstellungen jenseits der Weichsel setzte ein zweistündiges, ohrenbetäubendes Trommelfeuer auf unsere diesseits gelegenen Stellungen ein. Es war wie ein Erdbeben, während der nächtliche Himmel vom Widerschein der Geschosse grellgelb leuchtete. Wir warteten auf den Einsatzbefehl, doch bis zum Ende des Trommelfeuers vergebens. Unser Regimentskommandeur war ausgerechnet diese Nacht beim Stab, irgendwo im fernen Hinterland, und die Abteilungskommandeure mussten selbständig handeln.

Gegen 7 Uhr begannen wir, die Batterien unserer Panzer (die wegen Frostgefahr in den cirka einen Kilometer entfernten Unterkünften lagerten) durch den Schlamm zu den Waldboxen zu schleppen und einzubauen. Weiterer Zeitverlust entstand durch die Notwendigkeit, unsere Panzer mit Schlamm zu beschmieren, da gerade in dieser Nacht Tauwetter einsetzte und die Vortags weiße Landschaft in Grünland verwandelte. Am

Vormittag fuhren wir aus unseren Waldboxen aus und bezogen provisorisch Aufstellung am Waldrand.

Erst gegen Abend, nach einigen harten Gefechten, erreichte uns der erste Regimentsbefehl: Bereitstellung an einem nahe gelegenen Waldstück, wo wir in der Nacht aufgetankt und aufmunitioniert wurden.

Dorthin gelangte unsere Feldküche mit dem letzten warmen Essen (Milchreis mit Schokoladensoße!). Es war auch in dieser Nacht, dass uns durch Funk mitgeteilt wurde, die ersten russischen Panzer hätten das weit hinter unserer Stellung gelegene Kielce besetzt. Also waren wir wieder einmal eingeschlossen oder zumindest abgeriegelt.

Am 13. und 14. Januar fanden ununterbrochen Gefechte gegen russische Panzer- und Infanterieverbände, die uns zahlenmäßig überlegen waren, statt. Erstmals standen wir dem gigantischen russischen Panzer-Typ „Josef Stalin" gegenüber der uns mit seiner überlangen 12,2-Kanone etliche Verluste beibrachte. Einen konnte ich mit einem Turmkranz-Treffer außer Gefecht setzen.

Während eines dieser letzten Gefechte wurde mein Kommandant schwer verwundet

(Granatsplitter unter dem linken Auge) und nur mit größter Mühe konnten wir ihn durch das Feuer der Feindpanzer in unseren Arzt-Panzer bringen. Er war Anfang Januar von seinem Heiratsurlaub zur Truppe zurückgekommen (und starb in russischer Kriegsgefangenschaft).

Am selben Tag erfuhr ich vom Freitod unseres Kompaniechefs. Es schien, als hätten tausend Teufel die Hände im Spiel!

In der Nacht vom 14. zum 15. Januar – schon ohne Treibstoff und Munition – kämpfte ich, nun als Kommandant und Richtschütze zugleich, mit dem ausgebauten MG die Umgebung unseres Panzers frei, um meiner Besatzung ein verlustloses Ausbooten zu ermöglichen. Es glückte! Jeder verschwand einzeln im Dunkel der Nacht. Mein letzter Befehl lautete: Allgemeine Richtung Westen.

Im Feuerschein der brennenden Panzerwracks legte ich eine Wegstrecke von etwa drei Kilometern durch russische Truppenverbände zurück.

In einem durch Artilleriefeuer zersplitterten Kiefernwald setzte ich mich auf einen Baumstumpf und versuchte, mich auf meine Situation, die verbleibenden Alternativen und das Bevorstehende zu konzentrieren.

Wie ein Film zogen die zurückliegenden
Kriegsjahre durch mein Gedächtnis. All die
Gefechte, bei denen ich so viele meiner guten
Freunde verloren hatte. In die Erde der Wälder
und Steppen hatten wir sie begraben, in eine
Erde, zu der sie gar keine Beziehung hatten. Ihre
Namen brannten wir in die Holzkreuze ein (oft
lagen alle fünf Mann einer Besatzung in einem
Grab) und wenn uns der Feind selbst dazu keine
Zeit ließ, so blieben sie namenlose Helden.
Während dieser kurzen Besinnungspause gelang
es mir, jegliche Panik auszuschalten und mich
ganz auf das „Überleben" zu konzentrieren. So
machte ich mich auf den holprigen Weg nach
Westen.
Im ersten Morgendämmern sah ich all die Toten,
zerfetzte Menschen mit weit aufgerissenen
Augen, dazwischen Schreiende, Sterbende,
betende – unvorstellbar grausam. Es waren nicht
Eigene oder Feinde, es waren Menschen.
Menschen wie Du und ich. Ich konnte keinem
helfen. Als sich ein russischer Bergungstrupp
näherte, musste ich diese Hölle auf Erden
verlassen und mich in Deckung begeben.

Gefangen im fernen Russland

Am Vormittag dieses trüben 15. Januars wurde ich gefangen genommen. Widerstand war sinnlos, so versuchte ich mit Höflichkeit und sogar etwas Humor der Exekution zu entgehen, was auch gelang. Die vier jungen Russen brachten mich zur nächsten Ortschaft, wo sie mich einem Offizier übergaben. Zusammen mit noch drei Panzermännern und einem knapp 17 Jahre alten Grenadier, der erst seit einer Woche an der Front war, verfrachtete man uns auf einen Geländewagen. Es ging nach Osten, in ein polnisches Dorf, wo uns eine russische Kampftruppe mit Knüppeln und Bespucken empfing. Nur mit Mühe konnten die beiden Wachposten verhindern, dass wir gelyncht wurden.

Für die kommende Nacht wurden wir in einen kleinen Stall gesperrt und bekamen nach inständigem Bitten einen Eimer Wasser. Am nächsten Morgen wurden wir herausgeholt, man drückte uns Schaufeln in die Hand und befahl uns, einen Graben auszuheben. Als dieser fertig war, verkündete ein Offizier sehr feierlich unser Todesurteil, ließ uns vor dem Graben aufstellen und befahl einem MG-Trupp, etwa 20 Meter vor uns Stellung zu beziehen. Die grölende und teilweise betrunkene Mannschaft bildete einen großen Halbkreis, wie eine Freilichtbühne. Es fehlte nur noch der Feuerbefehl des Offiziers. In diesem Augenblick brauste ein Jeep heran, dem ein mit einem Pelzmantel bekleideter, hoher Offizier entstieg. Nach heftigem, von typischen Kraftausdrücken versehenem Wortwechsel befahl er unserem Exekutions-Hauptmann, uns in das nächste Gefangenenlager zu bringen. So viel ich verstand, gab er den Stalin-Befehl wieder, der besagte, dass man mit Toten Russland nicht wieder aufbauen könne.

Der junge Panzergrenadier neben mir heulte wie ein Kind (das er ja auch noch war). Er fasste sich erst wieder, als ich ihm sagte, was mit uns geschehen würde. Dieser erlösende Pelzmantelträger war buchstäblich in allerletzter Minute gekommen. Mein Glaube an Zufälle im Leben wurde dadurch einmal mehr bestätigt.

Ein Tagesmarsch brachte uns zu einem Gehöft, wo schon etwa fünfzig „Kollegen" in einer Scheune eingepfercht waren. Nachts holten uns die Wachposten zu Einzelverhören in das Bauernhaus. Hier saß im Schein einer Petroleumlampe ein russischer Offizier und stellte die Fragen. Ein zweiter Offizier stand

neben ihm und übersetzte mit Wiener Dialekt.
An der Wand hing eine große Landkarte von
Russland mit Polen und Ostdeutschland, links
und rechts davon stand je ein Soldat. Die meisten
der Fragen konnte man nicht beantworten,
worauf die beiden Wachposten, auf ein
Fingerzeichen des Offiziers hin, zuschlugen.
Nach Beendigung des Verhörs schleiften sie
mich blutüberströmt in die Scheune zurück, wo
ich das Bewusstsein verlor.
Am nächsten Morgen mussten wir unsere Stiefel
abgeben und bekamen dafür Säcke, die wir um
unsere Füße banden. Nach der Verteilung von
verschimmeltem Röstbrot und einigen Kübeln
Wasser traten wir den Trauermarsch nach
Przemysl an. Völlig erschöpft und ausgehungert,
mit Blutkrusten um Mund und Nase, stolperten
wir in Richtung Osten. Es schneite und neben
und hinter uns gingen die schreienden und
fluchenden Wachposten. Wer vor Schwäche und
Erschöpfung zusammenbrach bekam den
erlösenden Genickschuss. Die Toten wurden
einfach liegengelassen, niemand wusste, wie sie
hießen, wo sie einst Zuhause waren – sie füllen
bis heute die endlosen Listen der Vermissten.
Neben mir ging ein guter Freund aus meiner
Kompanie, Hannes; wir waren die einzigen

Überlebenden unserer Einheit. Jedes Mal, wenn einer von uns zusammenbrach, riss ihn der andere wieder hoch. Als ich endgültig aufgeben wollte, verpasste mir Hannes eine schallende Ohrfeige, was mir wieder ein gutes Stück weiter half. Nachts wurden wir jeweils in ein Haus oder eine Scheune eingesperrt. Einmal bekamen wir sogar Bohnensuppe. Wir tranken sie aus amerikanischen Konservenbüchsen, die in Mengen am Straßenrand lagen.

Nach vier Tagen kamen wir in Przemysl an und wurden mit etwa zweihundert anderen Gefangenen in einem alten Pferdestall einquartiert. Im Eingangstorbogen konnte man an eingelegten Ziegeln die Inschrift „K.u.K Dragonerregiment Nr. 4" lesen. Wie das Schicksal es wollte, waren ausgerechnet in diesem Stall während des ersten Weltkrieges die Pferde meines Vaters untergebracht. Ich schämte mich, als Gefangener dort einzuziehen, wo mein Vater einst nach der siegreichen Reiterschlacht von Jaroslawice im Quartier war und wo seine Pferde sicher besser verköstigt wurden als wir. Todmüde legten wir uns auf das feuchte Stroh. Die hohen, halbrunden Fenster hatten längst ihre Scheiben verloren und der Wind wehte Schnee und Regen herein. Unsere Verpflegung bestand aus „Suchari" (getrocknetes Schwarzbrot mit Schimmelbelag) und zweimal am Tag Krautsuppe, das heißt, Wasser mit halb gekochten Krautblättern. Nach wenigen Tagen brach eine Durchfall-Epidemie aus und mit ihr begann ein großes Sterben. Kein Arzt, keine Medikamente, nur Krautsuppe.

Jeden Morgen kam eine russische Ärztin im Offiziersrang in unseren Stall und fragte nach der Anzahl der nachts Gestorbenen. Nach der Meldung sagte sie in gebrochenem Deutsch: „Viel zu wenig!"

Ich erinnerte mich, dass wir Zuhause bei Durchfall Tierkohle bekommen hatten. Nachts schlich ich mich auf den Hinterhof des Stalles, wo das Skelett eines Pferdes lag. Ich holte mir einige Wirbelknochen, baute aus einem alten Benzinfass einen Ofen und verkohlte in ihm die Knochen. Zwischen den Steinen zerrieb ich die verkohlten Knochen zu Pulver und verabreichte es den Kranken – was mir den Spitznamen „Doktor" und den Kranken offensichtliche Besserung einbrachte.

Täglich kamen neue Gefangene und Verwundete zu uns. Einem von ihnen musste ein Bein amputiert werden. Ein Stabsarzt, der unter den Gefangenen war, bekam nach dringendem Bitten

einige Instrumente und ein Fläschchen Äther vom russischen Lazarett. Wir mussten den Verwundeten festhalten, während der Arzt mit einer abgekochten Säge das Bein absägte.
Die Wunde verheilte gut, ohne Komplikationen, und als es dem Kameraden besser ging, schnitzten wir ihm Krücken, in die wir mit einem glühenden Nagel unsere Initialen und das Datum der Operation einbrannten. Wir pflegten ihn so gut wir konnten – er wurde für uns zum Symbol des Überlebens. Einen Monat später wurde er mit einem Transportzug nach Hause geschickt. Er hatte sein Leben dem Mut des Stabsarztes zu verdanken. Wir freuten uns für ihn.

Leben im Massenlager

Einige Wochen später wurde ein Teil von uns, darunter auch ich, per Lastwagen in ein neu errichtetes Massenlager gebracht. Hier verschlechterte sich unsere Situation noch weiter. Doch Hannes und ich hielten fest an unserer Freundschaft und hatten den unerschütterlichen Willen durchzuhalten und zu überleben.

Das Lager war von hohen Wachtürmen umgeben, die nachts die Grenzzonen mit Scheinwerfern beleuchteten. Um das Lager zog sich ein hoher, doppelter Stacheldrahtzaun und zwischen den Zäunen liefen Bluthunde auf und ab. Nachts schliefen wir in einer riesigen Baracke auf harten Knüppelgestellen, unter uns hunderte von Ratten. In der Früh mussten wir uns in Fünferreihen aufstellen, jeweils in Hundertschaften, denn nur so konnten uns die Russen zählen.

Tagsüber lagen wir auf einer weiten Grasfläche mit Schlamminseln. Hanns und ich lagen immer nebeneinander und als Hannes eines Tages besonders deprimiert war, machte ich ihn auf ein Gänseblümchen aufmerksam, das vor uns im Schlamm blühte. Ich bat ihn, zu versuchen, sich an positive Dinge zu halten, auch wenn diese noch so klein seien wie dieses gelbe Gänseblümchen, statt nur den Stacheldraht zu sehen und vom unabänderlichen Hunger zu reden. Bald fingen wir an, Gras mit Wurzeln zu essen. Aus Verzweiflung ging einer von uns am helllichten Tag auf den Zaun zu. Einige Kameraden versuchten, ihn zurück zu holen, aber es war schon zu spät. Eine Maschinengewehrgarbe brachte ihm die gewünschte Erlösung.

Wochen später. Es war schon Frühling, Hannes lag in der Krankenbaracke, als es hieß, Dieselspezialisten sollten sich melden. Hannes und ich, wir meldeten uns, obwohl wir außer in einem allgemeinen Kurs in der Panzer- und Lastwagenausbildung nicht viel von „Diesel" verstanden. Wir dachten, schlechter kann unsere Lage nicht werden. Das war der Zeitpunkt unserer Trennung. Hannes wurde als Kranker nicht angenommen und ich wurde mit einigen anderen Gefangenen per Lastwagen nach Lemberg gebracht.

Fast wie im Himmel

Das Haus, in dem wir untergebracht wurden, hatte einige Zimmer im 1. Stock, eine Werkstatt und einen großen Hof voller erbeuteter Fahrzeuge. Das Ganze war von Wachtürmen und hohem Stacheldraht umgeben. Unsere Aufgabe war, die ca. 40 Fahrzeuge flottzumachen, wozu uns primitive Werkzeuge, vier Werkbänke und ein erbeutetes Elektroschweißgerät zur Verfügung standen. Für den ersten Stock bauten wir uns Betten aus den Bänken eines Busses, zimmerten einen Tisch und Bänke und hatten es – im Vergleich zu den Vormonaten – fast gemütlich. Wir fühlten uns wie im Himmel! Ein Panzerpionier aus Aachen und ich stellten einen Dieselpumpen- und Düsenprüfstand her. Otto hatte durch seine Meisterprüfung und die Arbeit in der Werkstatt seines Vaters auf diesem Gebiet große Erfahrung. Zudem sprach er fließend Russisch. Nach kurzer Zeit funktionierte unser Prüfstand und wir begannen, die Pumpen und Düsen der Lkws in Angriff zu nehmen. Ersatzteile mussten wir uns aus dem Kopf schlagen, also galt in manchen Fällen: Aus Zwei mach Einen.

Die Wachmannschaft beschränkte sich auf das Eingangstor und die Wachtürme. In der Werkstatt waren wir unter uns.

Schon nach einigen Tagen kam der Leutnant der Wache mit einer Dieselpumpe und beauftragte uns mit der Reparatur. Am nächsten Tag war sie fertig, der Leutnant lobte uns und verschwand mit der Pumpe. Wir sahen durch das Werkstattfenster, wie er nach einigem Handeln Geld dafür bekam. Das brachte uns auf den Gedanken ein Schild mit der Aufschrift „Hier werden Dieselpumpen repariert" ans Fenster zu kleben. Wir lösten eine Glasscheibe aus der Fassung und befestigten sie so, dass sie jederzeit abnehmbar war. Durch diese Öffnung passte gerade eine Pumpe.

Gleich am nächsten Tag erwies sich unser Marketing als richtig. Ein Russe kam mit einer verdreckten Pumpe unter dem Arm und klopfte ans Fenster. Wir versprachen ihm die Reparatur für den nächsten Tag. Als er nach dem Preis fragte, war unser Kostenvoranschlag: Speck, Brot und etwas Tabak.

Unser Geschäft blühte – außer unseren internen Arbeiten reparierten wir im Durchschnitt eine Pumpe pro Tag. Als es unser Bewachungsoffizier bemerkte, mussten wir ihn

beteiligen. Er bekam Geld und wir Lebensmittel.
So entstand ein wahrlich multinationales
Unternehmen, das aber leider nur wenige
Wochen dauerte. Für mich lange genug, um von
Otto viel zu lernen und körperlich einigermaßen
in Ordnung zu kommen.

Marischka und Olga

Eines Morgens wurde ich mit einem Lkw auf eine nahe gelegene Kolchose gebracht. Diese ist einem Kibbuz ähnlich, mit nur einem Unterschied: Beim Kibbuz dient der Stacheldraht dazu, dass niemand hineinkommt, bei der Kolchose, dass niemand herauskommt. Auf dem Hof stand ein großer Kettentraktor „FAMO" der Breslauer Motorenwerke. Meine Aufgabe bestand darin, diesen zum Laufen zu bringen, einen Pflug anzufertigen und als Traktorfahrer zu arbeiten. Mir standen ein großer Alteisenhaufen, einige Maschinenwracks, ein Elektroschweißapparat und zwei russische Gehilfen zur Verfügung. Nach zwei Wochen sprang das verrostete Ungetüm endlich an. Ich fühlte mich wie nach bestandener Meisterprüfung und machte mich daran, aus dem Schrott einen Pflug zu bauen. Dieser entstand nach einer weiteren Woche Arbeit, mit Hilfe eines Schweißgerätes, bei dem ich wegen der dauernden Stromschwankungen öfter das „w" wegließ.

Ein ansehnlicher 16-Schar-Pflug, mit drei Stützrädern für die Tiefeneinstellung war das

Ergebnis. Damit war es soweit: Wir tankten auf und ich begann mit der Arbeit.

Das zu pflügende Feld war fast so lang wie die Schweiz. Am ersten Tag schafften wir gerade zweimal die Feldlänge hin und zurück. Neben uns pflügten zwei russische Rädertraktoren, die zwar weniger Scharen hatten, aber wesentlich schneller waren. Der Kolchoseverwalter stellte der gepflügten Fläche nach fest, dass mein Traktor weniger schaffte als die beiden Russen und dadurch die vorgeschrieben Norm nicht erreicht wurde. Während die beiden Russen schon am Frühnachmittag mit ihrem Soll fertig waren, musste ich bis tief in die Nacht mit Scheinwerfern arbeiten. Bei näherer Betrachtung fand ich heraus, dass die beiden Ivans den letzten Pflugschar fast quer stellten, wodurch er die Erde einige Meter über das ungepflügte Feld warf. Eine kurze Zwischenreparatur machte mich schnell konkurrenzfähig und schon am nächsten Tag konnte ich am frühen Nachmittag meine Kartoffeln im Kühlwasser kochen und mir den Sonnenuntergang anschauen.

Auf dem gepflügten Land begann nun das Tomatenpflanzen. Dazu wurden aus einem Frauengefangenenlager etwa sechzig ungarische Frauen und Mädchen gebracht, was die Umwelt

wesentlich freundlicher gestaltete. In der
Mittagspause, am Feldrand sitzend, erfuhr ich
(da fast alle Deutsch sprachen), dass es sich um
Widerstandskämpferinnen handelte. Marischka,
eines dieser Mädchen, das ich besonders
sympathisch und hübsch fand, war zu zehn
Jahren Zwangsarbeit verurteilt, weil sie – in
Verteidigung ihrer Unschuld – einen russischen
Offizier mit einer Wagendeichsel erschlagen
hatte. Weit und breit war keine Wagendeichsel
zu sehen und so befreundeten wir uns sehr.
Abends im Lager nähte sie mir Hemden aus
Zuckersäcken und ich brachte ihr dafür
Kartoffeln mit. Als es Mai wurde, stickte
Marischka mir Herzen auf die Hemden und ich
steckte Blumen auf den Kartoffelbeutel – es geht
nichts über Kommunikation.
Doch der Frühling ging bald zu Ende und ich
kam als Traktorfahrer zum Holzschleifen in den
Ural, etwa 800 Kilometer nordöstlich von Gorki
(dem ehemaligen Nischninowgorod). Hunger
und Kälte prägten den folgenden Winter.
Im März 1947 lernte ich auf einem Einödgehöft
Olga kennen, eine Volksschullehrerin. Sie war
nicht nur ausnehmend hübsch und sympathisch,
sondern ihr konnte ich auch mein volles
Vertrauen schenken. Ihr erzählte ich als einzigem

Menschen von meinem Fluchtplan, den ich
schon seit längerer Zeit hegte. Olga verschaffte
mir eine Russlandkarte und einen ganz kleinen
Kompass.

Unternehmen Flucht

Dies war für mich der Startschuss für das risikoreichste Unternehmen meines Lebens. Mein Plan stand fest und war gründlich überlegt. Ich musste die Flucht allein unternehmen, wegen eventuell unterwegs auftretender Meinungsverschiedenheiten, gegenseitiger Verantwortung usw. Der Fluchtweg konnte nur Nord-Süd verlaufen, das heißt über die türkische Grenze, denn die Chance Richtung Westen (Polen und Ostdeutschland) erschien mir wesentlich geringer.

Die Flucht musste im März beginnen, um sieben Monate Zeit bis zum nächsten Winter zu haben. Ernährungs- und Übernachtungsmöglichkeiten waren in dieser Zeit günstiger. Antreten sollte ich die Flucht kurz nach der täglichen Morgenzählung, damit mein Vorsprung annähernd 24 Stunden beträgt. In dieser Zeit müssten mindestens 50 Kilometer geschafft werden, was dem Suchbereich der Lagerwachmannschaft entspricht. Nachdem ich alles bis ins letzte Detail vorbereitet hatte, entschloss ich mich zum Aufbruch am Sonntagvormittag, kurz nach der Zählung. Ich meldete mich als Freiwilliger, um mit einem

Lastwagen von einem 60 Kilometer südlich gelegenen Depot Benzin und Dieselöl zu holen. Wir waren unser drei, der russische Fahrer, ein Wachposten und ich zum Laden der Fässer. Im Depot angekommen, begann ich mit dem Beladen und Entladen, während die beiden Russen mit ihrem Kollegen in der Depot-Kneipe „Spirt" (Kartoffelschnaps) tranken. Neben unserem Lkw stand ein Militär-Lkw, schon fast fertig beladen, als die Depotarbeiter mich um Hilfe baten, da der schon ziemlich betrunkene Fahrer Eile hatte, zu seiner weit im Süden gelegenen Truppe zu kommen. Ich rollte ein leeres, offenes Benzinfass auf den Lkw mit der Öffnung nach unten und stellte es zwischen die anderen.

Als der Russe die Fässer gezählt hatte, bestieg er singend und stark angeheitert mit seinem Gehilfen die Kabine – ich kroch von der anderen Seite unter das leere Fass, stülpte es über mich und die Höllenfahrt ging los.

Meine Nerven waren zum Zerrreißen angespannt. Der Fahrer fuhr wie ein Verrückter und beide grölten immer dasselbe Lied. In meiner unerträglichen Hockstellung wurde ich mit dem Fass hin- und her geschmissen.

Nach etlichen Stunden des Gerumpels kam die Dämmerung und als es mir dunkel genug erschien, kroch ich auf einer Bergstrecke unter meinem Fass heraus, wartete eine Kurve ab und sprang rückwärts über die Bordwand in die dunkle Freiheit.

Schätzungsweise war ich nun 120 Kilometer vom Lager entfernt, was einen vorher nicht erwarteten Vorsprung bedeutete. Eine Weile noch hörte ich den Gesang der beiden Soldaten, begleitet vom Gerumpel des Lkws, der in Richtung Südosten verschwand.

Es war einige Tage vor Vollmond und so entschloss ich mich, noch etwa zwei Kilometer in Richtung Süden zu gehen. In einer steinigen Vertiefung richtete ich mir aus Tannenzweigen ein erstes Nachtlager ein, machte zwischen großen Steinen ein kleines Feuer um mich zu wärmen und zum Schutz vor den Wölfen, die in dieser Gegend nachts in Rudeln durch die Wälder streifen. Zusätzlich zu anderen guten Ratschlägen hatte mir Olga gesagt, dass der einzige Schutz vor hungrigen Wölfen das Feuer sei, das man nachts nie ausgehen lassen durfte. So sammelte ich im Umkreis meines Lagers ausreichend Brennholz, setzte mich auf mein duftendes Himmelbett und machte eine

Bestandsaufnahme meiner Ausrüstung: 12
Aspirintabletten (In den Kragen meiner
Wattejacke eingenäht), 4 Schachteln
Streichhölzer, ein kleiner Stoffbeutel mit etwa
100 Gramm Salz, 3 verschieden große
Angelhaken, eine Rolle Nylonschnur
(amerikanischer Herkunft), eine Schul-Landkarte
von Mittel- und Südrussland und der winzige
Kompass in einem Lederbeutelchen, das mir
Olga zum Abschied liebevoll um den Hals
gehängt hatte, mit den Worten „Gott schütze
dich." Dabei gab sie mir einen Kuss auf die
Stirn. Ein Mensch, den ich nie vergessen werde!

Endlich in Freiheit

Die erste Nacht war sehr kalt, doch mit Ohrenschützern, Pelzmütze, meinen fast neuen Filzstiefeln und nahe am Feuer war es erträglich. Auch meine Erregung hat zur Erwärmung beigetragen. Der nagende Hunger und die nervliche Anspannung ließen mich jedes Mal, wenn ich einnickte, wieder aufschrecken; nicht zuletzt durch die Annahme, dass die Wölfe mindestens genauso hungrig waren wie ich. Beim Morgengrauen war mein Holzvorrat verbraucht, das Feuer ging aus. Als es hell wurde, kletterte ich auf eine der höchsten Fichten und hielt Ausschau in Richtung Süden. In der kalten Morgenluft waren bewohnte Häuser durch Rauchsäulen erkennbar, denn um diese Zeit kochte jeder Russe seinen traditionellen „tschai" (Tee). In der Richtung, die ich nach meinem Kompass einschlagen musste, erkannt ich nur zwei dünne Rauchsäulen in etwa fünf Kilometer Entfernung, das bedeutete eine Marschstunde. Ich machte mich auf den Weg durch den Wald. Nach der geschätzten Wegstrecke erkletterte ich erneut einen Baum und orientierte mich über die Umgebung der inzwischen ganz nah gelegenen Behausung. Ein Stück weiter auf dem

82

bewaldeten Höhenrücken kam ich an eine erloschene Feuerstelle, anscheinend von Waldarbeitern, in deren Asche einige halbverkohlte Kartoffeln lagen. Das war meine erste Mahlzeit in der Freiheit. Als ich weiterziehen wollte, sah ich in einem hohlen Baumstumpf einen Beutel mit rohen Kartoffeln und einigen Zuckerrüben. Ich hing mir den Beutel über die Schulter und freute mich auf das Festessen am kommenden Abend.

Einige Tage später kam ich in die Nähe eines Einzelgehöftes am Waldrand, vor einer grünenden Sumpfwiese gelegen. Es war früh am Morgen, ich schlich mich nahe ans Gehöft heran und beobachtete es von einem dichten Gebüsch aus. Nach einer Weile kamen zwei Männer aus dem Haus und gingen mit Axt und Säge in den Wald, von wo ich etwas später und schon weiter entfernt, die ersten Axtschläge hörte. Kurz darauf kam eine alte Frau aus dem Haus, sie holte Brennholz, das an der Hauswand aufgeschichtet war. Es war kein Hund zu sehen.

Als die Frau ein zweites Mal heraus kam, riskierte ich es und ging auf sie zu, begrüßte sie freundlich und bat sie um eine Blechbüchse und etwas Brot. Die Frau erschrak nicht, sondern fragte mich, ob ich ein Gefangener wäre.

Nachdem ich das bejaht hatte, lächelte sie mitleidig und verschwand im Haus. Bald kam sie mit einem kleinen Kochtopf und einem Stück Maisbrot zurück und entschuldigte sich noch, dass der Topf etwas verbeult sei. Ich bedankte mich herzlich und verschwand wieder im Wald. Jetzt war meine Ausrüstung fast vollständig. Einige Kilometer weiter hörte ich entfernte Axtschläge und erkannte auf einer kleinen Waldlichtung einen Rastplatz mit einigem Geschirr und Beuteln. Die Axtschläge waren weit genug weg und so kam ich – Gott verzeih mir – zu einem Messer und einem Eisenlöffel. Am liebsten hätte ich einen Zettel mit einer Danksagung hinterlassen.

Weiter ging es über Berg und Tal, wobei das Wetter meine Tagesmärsche begünstigte. Nachts wurde gekocht, Kartoffeln, Mais vom Vorjahr, den ich manchmal auf den Feldern fand, Tee aus jungen Fichtentrieben, Brombeerblättern, Salbei und Hagebutten. Einmal gelang es mir, im hohen Laub des Waldes einen Igel zu fangen. Nur wegen des nagenden Hungers brachte ich es fertig, ihn schnell zu töten, abzuziehen und auszunehmen. In der folgenden Nacht grillte ich ihn in der Glut meines Feuers. Es war ein echtes Festmahl.

Nach einigen Stunden kräftigenden Schlafes brach ich auf und stieß bald auf einen schmalen Fußweg, der meiner Kompass-Richtung entsprach. Da weit und breit nichts zu hören war, marschierte ich zügig bis die Sonne am höchsten stand. Ein kleiner Wildbach lockte und ich entschloss mich, trotz der Kälte ein kurzes Vollbad zu nehmen. Das erste Bad seit meiner Flucht. Ich fühlte mich wie neugeboren!
Noch leicht feucht, bekleidete ich mich schnell und wollte schon weiter, als ich am Geländer eines morschen Steges eine zirka fünf Meter lange, dünne, fast neue Schnur hängen sah. Ich rollte sie auf ein Stück Holz und am nächtlichen Feuer kam mir der Gedanke, aus ihr meinen Kalender zu machen. Noch war es mir möglich, die Tage zu rekonstruieren.
Für den Sonntag meines Aufbruchs machte ich einen doppelten Knoten und für jeden Wochentag einen einfachen. So wurde diese Schnur zu meiner Zeitmaschine.
Es ist erstaunlich, wie so kleine Einzelheiten während meines Niederschreibens plötzlich wieder ganz klar im Gedächtnis auftauchen und das nach 47 Jahren. Viele Erlebnisse der wesentlich jüngeren Vergangenheit sind mir nicht so deutlich in Erinnerung geblieben, oder

oft gar nicht, wie gerade all das, was ich in Russland erlebt habe.

Meiner Karte und der Schätzung der zurückgelegten Strecke nach sollte ich schon nahe an einer quer zur Marschrichtung verlaufenden Staatsautobahn sein, was besondere Vorsicht verlangte, da an diesen Straßen in gewissen Abständen Militärkontrollstationen eingerichtet waren. Stolz auf meine richtige Berechnung sichtete ich wenige Tage später diese Rollbahn, etwa 20 Meter breit, mit tief ausgefahrenen Furchen.

Von einem nahe gelegenen Hügel aus beobachtete ich einen ganzen Tag lang diese Straße, auf der etwa stündlich ein Militär-Lkw oder ein Jeep fuhr. Gerade an diesem Nachmittag begann es dicht zu schneien und eisiger Wind lösten den Vorfrühling der letzten Tage ab. Direkt unterhalb meines Hügels lag eine mit Stroh gedeckte Kontrollbaracke, an welcher die Fahrzeuge anhielten und kontrolliert wurden. Als die eisige Nacht einbrach und das Schneetreiben zu einem wilden Schneesturm wurde, machte ich mich in Richtung Kontrollstation auf den Weg. Hin und wieder konnte ich den Lichtschein aus den kleinen Fenstern erkennen und die Funken, die aus dem Kamin aufstiegen.

S truppi, mein treuer Begleiter

Als ich am Gebäude ankam, stellte ich etwas ganz wichtiges fest: Das Dach war an der Rückseite weit vorgezogen und darunter standen einige Pferde. Das war es, was mich veranlasste, noch näher zu kommen, wobei ich sah, dass außerhalb der Baracke kein Wachposten war. Mit dem Gedanken, dass ein gutes Pferd meine Flucht wesentlich beschleunigen würde, schlich ich mich in den offenen Pferdeunterstand. Meinen Plan hatte ich inzwischen gründlich durchdacht. Das Risiko war sehr groß! Vorsichtig tastete ich mich zwischen den Pferden durch zu einem Querbalken, an dem die Sättel hingen und die Zaumzeuge im Sturm baumelten. Ganz behutsam, mit viel Streicheln sattelte ich eines der Pferde und legte ihm das Zaumzeug an, während ich die beiden anderen losband. Jetzt lagen schon 20 Zentimeter Schnee, die Funken aus dem Kamin flogen immer dichter hoch, das Strohdach konnte jeden Moment Feuer fangen. Schnell würde der Schneesturm jede Spur verdecken, die beiden losgebundenen Pferde würden das Weite suchen, sobald das Strohdach in Flammen stand und damit war eine Verfolgungsmöglichkeit ausgeschlossen.

Nach dieser Überlegung bestieg ich das gesattelte Pferd, zündete das Strohdach über meinem Kopf an und ehe der Feuerschein zu hell wurde, überquerte ich in weitem Bogen die Straße. Ich hörte den Galopp der anderen Pferde, wie sie in der Nacht verschwanden, sah aus einiger Entfernung das Feuer des ausgetrockneten Strohdaches und die schreienden Russen aus der Baracke springen. Der Schein des Feuers leuchtete mir noch ein Stück meines Weges nach. Ob die Russen je ahnten, was wirklich geschehen war? Wohl kaum, denn die beiden verbliebenen Sättel dürften verkohlt sein, die Pferde weit weg und die Ursache des Brandes konnten die Funken aus dem Kamin gewesen sein.

Trotz der Kälte stand mir der Schweiß auf der Stirn, ich vergaß Hunger und Kälte und ritt die Nacht durch.

Erst am Morgen, als das Schneetreiben vorbei war, machte ich auf einer Höhe zwischen dichten Büschen Rast, streichelte das Pferd, dem ich wegen seines Winterfelles den Namen „Struppi" gab und ließ es mit gehoppelten Vorderbeinen grasen. Der Sattel diente mir als Kopfkissen für einen köstlichen Schlaf. Den Tagesknoten machte ich diesmal mit zittrigen Händen in

meine „Zeitschnur" und den Rest verbrachte ich
mit Kartenstudium und Läuseknacken.
Gegen Abend führte ich Struppi an einen kleinen
Bach, aus dem wir beide genüsslich tranken,
dann röstete ich im Feuer einige gefrorene
Zuckerrüben und unter sternenklarem Himmel
traten wir den zweiten Nachtritt an.
Nach einigen Stunden trafen wir auf eine
verlassene Scheune, unter deren Vordach eine
Menge getrockneter Maiskolben hingen. Struppi
erhielt ein Festessen und ich füllte einen Sack –
mit dem ein Fenster verhängt war – und band ihn
hinter dem Sattel fest. Damit war unsere
Verpflegung für die nächsten Tage sicher
gestellt. Die Landschaft wurde nun zur flachen
Steppe mit hohem, schilfartigem Gras und
vereinzelten Ginsterbüschen. Trotz kaltem Wind
war es ein gutes Gefühl, nach den langen
Fußmärschen mühelos vorwärts zu kommen.
Im Morgendämmern kamen wir an einen kleinen
See, und nachdem nirgends Häuser zu sehen
waren, wagte ich, ein kleines Feuer zu machen
und in meinem Topf ein paar Maiskolben zu
kochen. Struppi führte ich am Ufer entlang, wo
das Gras saftig grün war, von Grasbüschel zu
Grasbüschel. Wir wurden immer bessere Freunde
und ich bezweifle sehr, dass Struppi vorher

jemals so liebevoll behandelt wurde. Nach
einigen Wochen durch menschenleere
Landschaft – von wenigen Bauernhäusern
abgesehen – begann es hügelig zu werden.
Häuser wurden häufiger, was uns zu Tagesruhe
und Nachtritten zwang.
Auf den Feldern dieser Gegend waren die
Kartoffel- und Rübenkeller, in welchen die
Bauern ihre Ernte unter Stroh lagerten, unter der
Erde. So konnte ich nachts mühelos Vorräte
sammeln und manchmal sogar windgeschützt auf
Stroh schlafen, während Struppi geräuschvoll
Zuckerrüben fraß. Meiner Landkarte nach waren
wir jetzt nahe einer kleinen Stadt, und um Ärger
zu vermeiden, entschloss ich mich, nach Osten
auszuweichen. Dadurch kamen wir in eine
verlassene Berglandschaft mit dicht bewaldeten
Tälern und kahlen, steinigen Höhenrücken. In
einer Vollmondnacht sichtete ich in einiger
Entfernung ein Rudel Wölfe, das sich langsam
näherte. Struppi wurde sehr unruhig und begann
trotz des kalten Windes zu schwitzen. Ich
wusste, dass Wölfe schneller sind als Pferde, also
entschied ich mich für den Angriff als
Verteidigung. Doch Struppi war anderer
Meinung, begann zu steigen, zu wiehern und in
die entgegen gesetzte Richtung zu galoppieren –

die Wölfe hinter uns her. Jetzt war keine Zeit mehr zu verlieren, ich hielt Struppi mit aller Kraft an, band meine Angelschnur an die Teebüchse und mit dem anderen Ende an den Sattelring, warf sie rückwärts auf den Boden und galoppierte los. Auf dem steinigen Bergboden erzeugte die klappernde Büchse bei jedem Aufschlag Funken. Die Wölfe verfolgten uns noch eine Weile. Als sie außer Sicht waren, holte ich mir meine verbeulte „Teekanne" wieder. Vorsichtshalber ließ ich sie noch am Sattel angebunden und bemühte mich, nun im Schritt reitend, Struppi durch Streicheln und gutes Zureden zu beruhigen. Während meiner ganzen Flucht war das die einzige ernsthafte Begegnung mit Wölfen, sonst hörte ich nur ihre Geheule und Gejaule in der Ferne, vor allem bei Vollmond. Am nächsten Tag hielten wir eine wohlverdiente Rast an einem kleinen Wildbach, wo ich einige Forellen fing und Struppi saftiges Gras genoss. Die schmalste Stelle des Baches sperrte ich mit vielen nebeneinander gesteckten Stöcken ab, trieb die Forellen dorthin und erschlug sie an der Sperre mit einem dicken Prügel. Am improvisierten Grill wurden sie gebraten, wobei mir Struppi erstaunt zusah, er machte sich aus Fisch gar nichts. Der Frühsommer begann und die Kolchosenfelder boten ein immer reichhaltigeres „Menü". Struppi genoss die saftigen Getreidefelder, von denen ich ihn in der Morgen- und Abenddämmerung fressen ließ.

Friedliche und sorglose Tage

Trotz größter Sparsamkeit waren meine Streichhölzer zu Ende – mein Salz schon seit einigen Wochen. Also musste ich wieder ein möglichst entlegenes einzelnes Gehöft mit nur wenigen Bewohnern ausfindig machen. Ein paar Tage später fand ich es, ein Holzschindel gedecktes Lehmhaus mit einem angebauten kleinen Holzstall. Es lag in einem verlassenen Tal südlich der Ausläufer einer Bergkette. Einen ganzen Tag lang beobachtete ich diese idyllische Einöde, die von drei Menschen bewohnt wurde. Es war ein altes Ehepaar mit einer etwa dreißigjährigen Tochter. Meine Vermutung bestätigte sich am Spätnachmittag, als ich ganz stolz geradewegs auf das Gehöft zuritt, absaß und den sichtlich misstrauischen alten Mann freundlichst begrüßte. Sehr zaghaft kam er auf mich zu und musterte mich von Kopf bis Fuß, bevor es zu einem, von mir angebotenen Händedruck kam. Meine Kleidung und der russische Militärsattel machten ihn anfangs stutzig, doch nach meinen ersten erklärenden Worten, fragte er mich direkt, ob ich Deutscher wäre. Als ich das mit einem möglichst charmanten Lächeln und Kopfnicken bestätigte,

war das Eis gebrochen. Der Mann führte Struppi
in den Stall, wo schon eine Kuh angebunden war
und versorgte ihn mit Heu. Dann führte er mich
in die gute Stube und stellte mich den beiden
Frauen vor. Ein Marsbewohner wäre kaum
erstaunter empfangen worden. Offensichtlich
war ihnen der Besuch eines Deutschen
wesentlich angenehmer als der eines Sowjets der
Roten Armee.

Auf Anordnung des Hausherrn machten sich die
Frauen gleich ans Plini kochen und reichten mir
einen köstlichen Kräutertee. Plinis sind
Teigtaschen, die mit Fleisch, Käse oder sonst
etwas gefüllt und in Wasser gekocht werden, bis
sie an der Oberfläche schwimmen. Auf dem
Teller werden sie dann mit Sonnenblumenöl
übergossen. Maisbrot mit geräuchertem Speck
und ein Glas Kartoffelschnaps war die
Vorspeise. Nach dem Mal wurden die Frauen
zum Schlafen auf den Backofen geschickt. Der
Alte und ich, wir unterhielten uns noch lange
beim Schein der Öllampe und dem Rest des
Schnapses, wobei er mir die Hand seiner Tochter
anbot. Er erklärte mir, wie schlimm es für mich
wäre, wenn die Sowjets mich erwischten und wie
gut und friedlich ich hier als „Krisjanin" (Bauer)
leben könnte, wie gesund und kräftig seine

Tochter wäre und wie schöne Enkel er von uns bekäme. Fast schien es, als würde mein ganzes Unternehmen hier in dieser freundlichen Lehmhütte zum Scheitern kommen. Ganz vertraulich erzählt mir der Mann auch, dass sein einziger Sohn – weil er die Berufung zum Militär nicht befolgt, sondern sich im Wald versteckt hatte – mit einem Zwangsarbeitertransport nach Sibirien verschleppt worden ist. Die Familie hat nie wieder etwas von ihm gehört.

Da wir beide nun reichlich müde waren und der Gesprächsstoff immer melancholischer wurde, lenkte ich mit der Bitte ab, etwas Mais für Struppi zubekommen. Im Schein einer Ölfunzel gingen wir in den Stall, wo ich bei der Fütterung seine einzige Kuh gebührend bewunderte.

Danach durfte ich mich auf dem Backofenunterteil zur Nachtruhe legen. Auf einem Schaffell, meine Wattejacke als Kopfkissen, schlief ich wie Gott in Frankreich. Zum ersten Mal nach vielen Monaten fühlte ich mich entspannt und geborgen.

Zum Frühstück gab es Brot, Speck und Sauermilch. Der Vormittag verging mit der Pflege von Struppi's Hufen, die von den langen, steinigen Strecken ziemlich aufgerissen waren, dann durfte er auf der Wiese vor dem Haus grasen. Während des Mittagessens begann ich vorsichtig den Abschied einzuleiten, wobei ich auf heftigsten Widerstand stieß. Die Frauen meinten, dass meine Wäsche geflickt und gewaschen werden müsste, was ja auch wirklich notwendig war. Der alte Wladimir bot sich an, meine Haare und meinen Bart zu schneiden und so einigten wir uns auf weitere zwei Tage dieses paradiesischen Zusammenseins. Die Tochter wurde mit zwei lebenden Hähnchen und einem Beutel Eier zum Magazin geschickt, das etwa eine Stunde entfernt war. Mein Angebot, Struppi zu nehmen, lehnte sie ab, marschierte los und kam gegen Abend mit Streichhölzern, Salz und festem Zwirn zum Nähen. Als haltbaren Reiseproviant röstete die Mutter Maisbrot. Wladimir und ich beschäftigten uns nach dem Haare schneiden und Rasieren mit der Aufbesserung von Sattel und Zaumzeug. Struppi verbrachte den Tag mit der Kuh auf der Wiese. Am darauf folgenden Tag half ich Wladimir. Mit einer völlig stumpfen Säge Brennholz zu schneiden, welches wir dann mit einer ebenso stumpfen Axt spalteten. Als Abschiedsessen gab es am Abend ein altes Huhn, das nicht mehr legen wollte oder konnte, dazu Bratkartoffeln mit viel Knoblauch. Unsere Stimmung war sehr traurig und ich versuchte sie mit Geschichten aus meiner Lausbubenzeit aufzulockern. Nach dem letzten Holzschälchen Schnaps fiel ich in einen tiefen, wohltuenden Schlaf. Als ich aufwachte, waren die Frauen schon mit Teekochen und Eierbraten beschäftigt, ein fürstliches Abschiedsfrühstück. Ich sattelte Struppi, der den Aufenthalt mindestens so genossen hatte wie ich, und nun kam der Abschied. Wladimir küsste mich, wie so üblich, die Frauen beschenkten mich mit harten Eiern, Maisbrot, Speck, einem Beutel Salz und sechs Schachteln Streichhölzern. Gottes Segen wurde beiderseits erbeten und sie winkten mir noch lange nach. Nie werde ich diese drei Menschen vergessen. Es war nicht leicht, mich nach diesen friedlichen und sorglosen Tagen wieder auf meine Situation und mein Vorhaben zu konzentrieren.

Krautsuppe und Hirsebrei

Die Landschaft veränderte sich im Laufe der Woche immer mehr, die Hügel wurden von endlos erscheinendem Flachland abgelöst. Wege, Felder, Gehöfte und Dörfer wurden häufiger, was ein Zick-Zack-Reiten erforderte. Menschliche Behausungen mussten vorsichtig umgangen werden, wodurch sie die Tagesstrecke auf höchstens zwanzig Kilometer verringerte. Mit der Bevölkerungsdichte wuchs auch das Risiko – Fortbewegung war nur noch einige Stunden im Morgengrauen und einige Stunden in der Abenddämmerung möglich.

Doch die Ernährung wurde täglich besser, die Felder boten reichhaltige Abwechslung und manchmal gelang es sogar, ein verlaufenes Huhn in den Topf zu befördern. Ansonsten wurde ich mehr und mehr zum perfekten Rohköstler. Öfters mussten wir kleinere oder auch größere Flüsse überqueren, worin Struppi und ich schon recht geübt waren.

Die Hitze am Tag und die Schwüle der Nacht wurden schier unerträglich. Wo immer es möglich war, suchten wir für die Nachtruhe einen Platz am Wasser zum Trinken, Baden und Kochen. Durch häufigeres Waschen bekamen

meine Zuckersackhemden und meine
Drillichhosen wieder ihre Originalfarben.
An einem Spätnachmittag tauchte plötzlich aus
einem Rübenkeller auf dem Feld ein alter,
weißhaariger Mann vor mir auf und da er mich
sehr erstaunt musterte, blieb mir kein anderer
Ausweg, als ihn freundlichst zu begrüßen. Der
Mann schien genau so erschrocken zu sein wie
ich und fragte mich, wohin ich so spät noch
reiten wolle. „Verwandte besuchen", war meine
Antwort, worauf er spitzbübisch lächelte und
meinte, meine Verwandten würden wohl sehr
weit weg wohnen. Mit einem verschmitzten
Lächeln bejahte ich. Nun fragte ich den Alten
nach dem Namen der nächsten Stadt und deren
Entfernung. Ich erfuhr, dass es Dobrinka war und
dass man mit einem Pferdewagen in drei Stunden
dort wäre. Meinem Akzent nach, meinte der
Mann, käme ich sicherlich von sehr weit her und
es wäre doch gut, bei ihm zu übernachten, was
ich dankend annahm.
So ritt ich neben ihm noch das Stück Weg zu
seinem versteckt im Wald gelegenen Einödhof,
wo er mit seiner recht betagten Frau und deren
Schwester lebte.
Struppi stand im Stall neben einem stolzen
Schimmel und der Alte gab für beide reichlich

Maiskolben in den Holztrog, bevor er mich in sein Haus führte. Hier bewirteten uns die beiden Frauen beim Schein des offenen Herdfeuers fürstlich.

Bei Krautsuppe und Kascha (Hirsebrei) war aus den Erzählungen ein gewisser Hass gegen die Sowjets und ihre Gewaltherrschaft zu merken. Sicher kam daher die Hilfsbereitschaft gegenüber Gefangenen, Verfolgten und Flüchtlingen, besonders von älteren Menschen, die vermutlich selbst schon die Brutalität des Regimes zu spüren bekommen hatten.

Nach dem Abendessen trank der Alte (leider habe ich seinen Namen vergessen) und ich von seinem selbst gebrannten Samachon (Rübenschnaps) und ich fühlte seine zunehmende Aufgeschlossenheit und das Bedürfnis zum Gespräch. Die Beleuchtung durch das erlöschende Herdfeuer wurde durch eine qualmende Petroleumlampe ersetzt und da ich jetzt der ehrlich freundschaftlichen Einstellung des Mannes sicher war, gestand ich ihm meine Herkunft und mein Ziel, was ihn bewog, ein weiteres Glas Schnaps auf das Wohl des deutschen Kaisers zu leeren. Wer damit gemeint war, blieb offen. Mein Gastgeber bereitete mein Nachtlager, wo ich bei – wegen der Schwüle

offener Tür – in einen Bärenschlaf fiel und er im
einzigen Nebenraum bei den Frauen verschwand.
Die Sonne stand schon hoch am Himmel als ich
aufwachte. Die beiden Frauen waren vor dem
Haus beim Wäsche waschen, während der Alte
Holz für die Küche spaltete. Ich bot ihm meine
Hilfe an, doch er lehnte energisch ab und zeigte
mir hinter dem Haus ein Waldstück, durch das
ein kristallklarer Bach floss. Dort veranstaltete
ich mit Struppi eine regelrechte Badeorgie und
wusch auch meine verschwitzte Wäsche, die auf
dem Grasboden ausgebreitet, in wenigen Stunden
trocknete. Struppi hoppelte ich zum Trocknen
und Grasfressen und ich genoss das Mittagessen
mit Maisomeletten, Sauermilch und Tomaten aus
dem Garten. Für den Spätnachmittag war meine
Abreise festgelegt und als Abschiedsgeschenk
bekam ich einen Leinenbeutel mit Maisbrot,
Speck sowie Verstärkung für meinen Salz- und
Streichholzvorrat. Der Abschied war ergreifend,
erfüllt von guten Wünschen und Ratschlägen.
Mit vielem Dank für die liebevolle
Gastfreundschaft tauchte ich, frisch gebadet und
wohlgenährt, in der Abenddämmerung unter –
Richtung Süden.
Schon nach einigen Kilometern überquerte ich
vorsichtig die breite Erdstraße, die, wie der Alte

beschrieben hatte, in Richtung Osten nach Dobrinka führte. Die Gegend wurde wieder etwas hügelig und auf einem dieser Hügel bereitete ich in der Dunkelheit, inmitten einer Baumgruppe, unseren Lagerplatz. Struppi wurde wie immer gehoppelt und ich legte mich auf der Wattejacke, mit dem Sattel als Kopfkissen, zum Schlafen. Beim ersten Lichtschimmer weckte mich das Krähen eines Hahnes in der Ferne, und als wir aufbrachen, funkelte noch der Sternenhimmel über uns. Den Tag verbrachten wir dann in einem dichten, weglosen Wald, wo ich ein kleines, rauchloses Feuer machte und einen köstlichen Tannenspitzentee kochte. Auch Struppi fraß begeistert die jungen Tannenspitzen von den Zweigen.

D ie Hälfte des Weges ist geschafft

Während des Teetrinkens studierte ich meine schon stark verknüllte Karte und konnte meinen Standpunkt ziemlich genau feststellen. Ich vergaß nicht, den Tagesknoten in die Schnur zu machen und Bilanz zu ziehen über die zurück gelegte Strecke. Meiner Karte nach hatte ich bisher 650 Kilometer zurückgelegt. Das war ziemlich genau die Hälfte der Strecke bis zur türkischen Grenze am Schwarzen Meer – mein Ziel, das ich vor dem kommenden Winter erreichen musste. Es war die letzte Juniwoche, das schwierigste Stück war schon bewältigt. Die nächsten drei Monate hatten den Vorteil der Wärme, der langen Tage und der immer üppiger werdenden Felder. Der Nachteil war, dass die Bevölkerungsdichte zunahm.

Die nach der Karte errechnete Gesamtstrecke von zirka 1300 Kilometer bedeutet Luftlinie, was in Anbetracht aller Umwege und des häufigen Zick-Zack-Kurses auf zirka 1600 Kilometer kommt. Das hieß, dass ich in den menschenleeren Gegenden unbedingt tagsüber durchreiten musste, um nicht in den Bergen des Kaukasus von Schnee und Eis überrascht zu werden. Erst bei einem solchen Unternehmen

lernt man die Vollmondnächte und die vier bis
fünf Nächte vor und nach dem Vollmond
gebührend zu schätzen. Es waren die Tage, an
denen ich die längsten Strecken zurücklegen
konnte. In diesen Nächten fühlte man sich, bei
dem Glanz der Sterne und den Geräuschen der
Tierwelt, Gott sehr nahe, man spürt seine
Allmacht und seine väterliche Hand über allem
Irdischen.

Nach stärkendem Schlaf zogen wir weiter nach
Süden, abwechselnd in leichtem Trab oder
schnellem Schritt, wobei ich mich immer leise
mit Struppi unterhielt und ihm verständnisvoll
und dankbar die Mähne streichelte. Manchmal,
wenn er deprimiert war und den Kopf hängen
ließ, sang ich ganz leise alte Volkslieder oder
Filmschlager, bis er seine Ohren wieder richtig
aufstellte.

Meiner Karte zufolge kamen wir an einen
langen, in Nord-Süd-Richtung gelegenen
Stausee, den ich auch von einem Höhenzug aus
sichtete.

Das bedeutete, dass wir Tage zuvor, ohne es
bemerkt zu haben, zwischen Don und Wolga
durchgezogen waren, und zwar dort, wo die
beiden Flüsse am nächsten zusammen kommen
und in südlicher Richtung fließen.

Das Ufergebiet war sichtlich dicht bevölkert und wir mussten parallel zum Stausee nach Süden weiterziehen, ohne den See – aus Orientierungsgründen – aus den Augen zu verlieren. Der Name des Stausees ist „Zimljansk". Am Ende des Sees schwenkte ich nach Südosten ab, da meine Karte in dieser Richtung nur ganz vereinzelte Orte und Straßen verzeichnete.

Während der folgenden Wochen kamen wir zügig voran und fühlten uns in den menschenleeren Steppen wie Könige dieser Landschaft. Einen Nachteil brachte diese Menschenleere mit sich, nämlich das Fehlen von bestellten Feldern und dadurch Ernährungsschwierigkeiten. Wir mussten täglich größtmögliche Wegstrecken zurücklegen, damit unser spärlicher Proviant ausreichte.

Es war schon Ende August, als wir erstmals wieder an Felder kamen, hauptsächlich Sonnenblumen, Mais, Kartoffeln und Rüben. Der Größe nach waren es Kolchosenfelder und da diese staatlich verwaltet werden, war höchste Vorsicht geboten. Aus Mangel an Wäldern suchten wir unsere Rastplätze inmitten von Sonnenblumen- und Maisfeldern. Struppi hat während unserer ganzen „Reise" nicht so viel

Mais gefressen wie dort, und seine Leistung wurde merklich besser.

Allmählich wurde das Land wieder hügelig und die großen Kolchosenfelder wurden von kleinen, einzelnen Gehöften abgelöst. Obstbäume wurden häufiger, was zu nächtlichen Apfel- und Birnen-Gelagen führte.

Meine Karte zeigte eine Nord-Süd verlaufende Hügelkette und ich entschloss mich, nach Südosten abzuschwenken, in das sehr dünn besiedelte Gebiet der Kalmücken, von denen ich in den folgenden Wochen nur wenige zu sehen bekam. Das Land war hier öde und flach, die Felder wurden immer seltener, daher füllte ich in einem Maisfeld zwei meiner Säcke mit Kolben, um für einige Zeit Vorrat zu haben. Dank der Menschenleere konnten wir tagsüber durchreiten, was meinem Zeitprogramm sehr zugute kam. Ich rechnete damit, Ende September das Kaukasische Gebirge überschritten zu haben und Struppis Hufe auf armenischem Boden klappern zu hören.

Die Steppenlandschaft ging langsam in die Ausläufer der in weiter Ferne sichtbaren Berge über. Jetzt galt es, eine möglichst niedere Stelle des Gebirges für die Überquerung ausfindig zu machen. Meine Karte war zu ungenau, also musste die Route bei klarem Wetter durch Sicht festgelegt werden, was einige Tage später möglich wurde.

Mein Ritt ging durch ein Waldstück, da kam mir ganz plötzlich ein zweispänniger Pferdewagen mit einem älteren Ehepaar entgegen.

Zum Verschwinden oder Verstecken bestand keinerlei Möglichkeit, daher ritt ich auf den Wagen zu, der auch gleich anhielt. Nach freundlicher Begrüßung erkundigte ich mich nach dem besten Weg nach Tbilissi (Tiflis) und bekam prompt ohne jegliches Misstrauen, eine recht genaue Beschreibung der Bergstraße nach dort, mit der Bemerkung, dass dies die einzige sei, die über das Gebirge führt.

Der Mann bot mir anschließend Zigaretten an, gab mir etwas umständlich Feuer, wünschte mir gute Reise, was ich dankend erwiderte und erleichtert weiter ritt. Dass mein Puls auf etwa Zweihundert war, versuchte ich mir nicht anmerken zu lassen.

Es war klar, dass die beschriebene Bergstraße für mich nicht in Frage kam, wohl aber der Tal-Einschnitt, durch den sie führte. Nach wenigen Tagen wurde es recht bergig und man sah deutlich die Kette des Kaukasischen Gebirges mit schneebedeckten Gipfeln.

Nachts wurde es sehr kühl und Struppi ging auf dem ansteigenden Gelände etwas langsamer. Ich hielt mich möglichst hoch am Rand zwischen Berg und Tal, so dass ich die Straße von oben beobachten konnte.

Kartoffelvorrat von den Feldern beschaffte ich nachts und bei Tag wurde in möglichst versteckten Bergeinschnitten Feuer gemacht. Mit meinen Streichhölzern musste ich sehr sparsam umgehen, denn es war wenig Aussicht, neue zu bekommen. Also pro Tag ein Streichholz. Noch waren an den Berghängen ungeerntete Maisfelder anzutreffen und ich konnte jeweils nachts den Vorrat ergänzen. Außer Gras bekam Struppi erhöhte Bergration, was er bei diesen Steigungen auch brauchte.

Menschliche Wärme

An einem nebligen Tag entdeckte ich in einem kleinen Nebental, durch das ein Bach floss, hoch oben inmitten von steinigen Feldern, ein kleines Holzhaus. Ich entschloss mich, über einen vom Regen ausgespülten Weg, dorthin zu reiten. Schon ganz in der Nähe, sah ich einen alten Mann, der mit der Rübenernte auf dem Feld vor dem Haus beschäftigt war. Er war sichtlich erstaunt, Besuch zu bekommen, und die Begrüßung seinerseits war recht zaghaft. Erst als ich ihm sagte, dass ich lediglich gekommen sei, um ihm zu helfen, hellte ein Lächeln sein verrunzeltes Gesicht auf. Nachdem Struppi am Zaun angebunden war, lud mich der Alte ein neben ihm auf der Hausbank Platz zu nehmen. Der herrliche Blick auf das Tal und die Berge hätte das Herz eines jeden Sommerfrischlers höher schlagen lassen. Auf meine Frage, ob er hier ganz alleine lebe, erfuhr ich, dass seine Frau krank sei und deshalb beim Sohn im Dorf wohne.

Nun kamen eine Menge Fragen seinerseits: Woher, warum und so weiter. Dabei fertigte er sehr umständlich eine Zigarette aus gehackten

Tabakstängeln und einem Stück Zeitungspapier.
Sein Angebot, auch eine seiner Zigaretten zu
rauchen, lehnte ich höflich ab. Nach unserer
Abtast-Unterhaltung und dem Erlöschen seines
Qualmrohres lud mich der Mann zum Essen ein.
Kartoffelbrei mit Ziegenmilch. Mein Gastgeber
freute sich, dass es mir so gut schmeckte, holte
noch eine saure Gurke aus einem Tontopf und –
was nicht fehlen durfte – ein Glas selbst
gebrannten Rübenschnaps. Nach der feierlichen
Einladung zur Übernachtung – die ich dankend
annahm – sattelte ich Struppi ab, labte ihn mit
einer Portion Mais und hoppelte ihn zum
nächtlichen Grasen. Bis zum Einbruch der
kühlen Nacht saßen wir auf der Bank vor dem
Haus und genossen den vielfarbigen
Sonnenuntergang. Der Alte erzählte mir viel über
die Gegend, die Bergwerke, die Armut in den
Städten, die Gewaltherrschaft der Behörden und
des Militärs und beneidete mich um meine
Chance, bald ein besseres Leben genießen zu
können. Zum Abschluss kochte er uns noch
einen köstlichen Tee und führte mich, mit der
Petroleumlampe leuchtend, zum einzigen
Nachtlager, einem großen Bett mit einem von
Läusen knisternden Strohsack. Trotz allem,
hauptsächlich wegen der gefahrlosen

Geborgenheit, schlief ich diese Nacht wie ein
Murmeltier.

Der Geruch von Pfefferminztee weckte mich auf,
der Alte lag nicht mehr neben mir, doch aus der
Küche hörte ich Geklapper und stand auf. Nach
einer flüchtigen Gesichts- und Handwäsche
setzte ich mich an den klobigen Küchentisch, wo
wir das duftende Getränk andächtig zu uns
nahmen, dazu frisches Brot mit geräuchertem
Speck. Seit langem war ich nicht so satt wie nach
diesem Frühstück. Danach kredenzte ich Struppi
einen Eimer Wasser. Der Alte (leider kann ich
mich auch an seinen Namen nicht erinnern) war
schon fleißig dabei, mit der Hacke seine Rüben
auszubuddeln, wobei ich ihm half. Mittags waren
wir fertig, feierten Erntedankfest mit einer
würzigen Rübensuppe mit Speckstücke und
verbrachten den Nachmittag auf der Hausbank
mit teils landwirtschaftlichen, teils
philosophischen Betrachtungen. Auf meine Bitte
hin wurde ich mit Streichhölzern und Salz
beschenkt, ließ mir den besten Weg nach Süden
erklären, sattelte Struppi und nach herzlichem
Abschied machte ich mich wieder auf den Weg.
Bis zum Einbruch der Dunkelheit kam ich noch
ein gutes Stück weiter. Ich wählte ein Maisfeld
am Berghang zur Nachtruhe, wo Struppi die

großen Kolben genoss und ich mir ein Lager auf Maisstroh richtete. Nur weit unten im Tal sah ich ein paar Häuser, das erlaubte mir einen langen und tiefen Schlaf.

Landschaftlich war es hier so wunderschön, dass ich des Öfteren vergaß, wie groß das Risiko meines Unternehmens war. Monatelang war alles gut gegangen, doch ständig musste ich mich selbst kontrollieren und korrigieren, um keinen Leichtsinn aufkommen zu lassen.

Noch viele Tage lang erfreuten mich die Schönheit der Landschaft, die Menschenleere der Bergwelt und das köstliche Wasser der unberührten Wildbäche. An einem kleinen Wasserfall rastend zog ich Bilanz anhand meiner Zeitschnur und plante die kommenden Tage.

Laut Karte mussten wir einen breiten Fluss, die „Kura" überqueren. Eine Brücke wollte ich nicht benutzen, da diese nur an größeren Orten existierten. Es dauerte auch nur einige Tage und ich erkannte den Fluss, in einem breiten, stärker besiedelten Tal. Von den Berghöhen aus – über die ich mich bewegte – war die Orientierung sehr gut und erleichterte mir die Festlegung der Übergangsstelle. Von der gegenüberliegenden Seite aus beobachtete ich einen Tag lang die Flussschleife mit flachen Ufern und nur vereinzelten Behausungen. Struppi fraß sich inzwischen mit Berggras voll.

Gegen Abend ritt ich langsam bergab in Richtung Fluss und bezog in einer kleinen Baumgruppe mein Ausgangslager, weniger als einen Kilometer vom Ufer entfernt. Die Nacht war sternenklar, es war Halbmond und hier wartete ich bis der Mond am höchsten stand und die Lichter der Häuser erloschen waren. Jetzt lockerte ich den Sattelriemen etwas, zog mich aus und band das Bündel Wäsche mit dem Stiefel oben auf den Sattel. Nach einer Weile des Beobachtens und Lauschens führte ich Struppi geradewegs ins eiskalte Wasser. Als wir beide bis zu den Knien im Fluss standen, löschte Struppi erst einmal seinen Durst, was meine Spannung noch erhöhte. Dann gingen wir nebeneinander, bis das Wasser zu tief wurde und wir schwimmen mussten. Mit der rechten Hand hielt ich mich an der zotteligen Mähne fest, mit der linken hielt ich die Zügel.

Die Strömung war stärker als ich erwartet hatte, und wir trieben stark ab. Wie eine Ewigkeit kam es mir vor, bis wir uns langsam dem jenseitigen Ufer näherten. Wir waren schon ganz nahe, da tauchte vor uns ein Haus am Ufer auf. Wir ließen uns noch ein gutes Stück weiter flussabwärts treiben. Hunde begannen zu bellen, was mich noch mehr aufregte. Doch endlich hatten wir es geschafft, das Haus und die Hunde lagen weit zurück, das Ufer war flach und wir konnten an Land gehen. Zum Trocknen schüttelte Struppi sich so heftig, dass sich mein Wäschebeutel löste und die Kleider im Schilfgras verstreut wurden. Ich benutzte zum Abtrocknen meinen Maissack, sammelte meine Kleidung, zog mich an und weiter ging es, einem bewaldeten Berghang zu. Nebelschwaden verdeckten den Mond, was eine Orientierung unmöglich machte und mich zwang, auf halber Höhe eine Ruhepause einzulegen. Mit dem Flusswasser aus meiner Flasche und dem Pfefferminz des alten Mannes kochte ich Tee – zur Vorbeugung gegen eine Erkältung. Bei Tagesanbruch erkannte ich vor dem Waldrand ein Melonenfeld, das uns beiden ein fürstliches Frühstück bot. Gestärkt machten wir uns auf den Weg bergauf, bis es zu steil wurde und wir seitlich abschwenken mussten, um eine lange, menschenleere Tagesstrecke zu vollbringen.

Auch die folgenden Tage kamen wir zügig vorwärts und der Karte nach mussten wir schon nahe an der armenischen Grenze sein und damit nahe dem ersten Ziel meiner „Reise", der Türkei.

Hier veränderte sich die Landschaft, die Berge lagen hinter uns, wir waren in einem Hochland mit vielen Rindern, Schafen und Ziegen. Ein hoch gelegener Weinberg begeisterte Struppi gar nicht, ich hingegen freute mich riesig über die Abwechslung und noch nie haben mir Weintrauben so gut geschmeckt wie an diesem Abend. Ein Stück weiter bereicherte ein Kartoffelfeld unsere Speisekarte und höher oben, zwischen einigen Felsbrocken röstete ich Kartoffeln in der gegen Wind und Sicht geschützten Glut des Feuers. Das Feuer brauchte ich zur Erwärmung, denn die Nächte waren schon empfindlich kalt, nur tagsüber sorgte die Sonne für Ausgleich.

Diese Berglandschaft durch die ich in den letzten Wochen ritt, war so zauberhaft schön, dass es schien, als wollte sie all die Grausamkeiten des Krieges und der Gefangenschaft vergessen lassen. Schnee und Eis bedeckte Gipfel und Grate, die bei Sonnenuntergang von hellrosa bis zu dunkel purpurrot schimmerten, dazwischen die tief eingeschnittenen, fruchtbaren Täler mit ihren silbernen Flussläufen, an denen Menschen in primitivster Weise ihre steinigen Felder bis zur Felsgrenze hinauf bestellten. Nicht selten waren am Feldrand Holzpflug und Ochsenjoch zu sehen. Schaf- und Ziegenherden verliehen dieser malerischen Landschaft den Inbegriff des Friedens, nach dem ich mich so lange Jahre gesehnt hatte. Die Hirten benützten zum Treiben und Bewachen ihrer Herden kleine, zottelige Pferde. Dies zwang mich zu zeitraubenden Umwegen, da die Gefahr bestand, dass Struppi beim Anblick seiner Artgenossen wiehern oder die Hunde der Hirten uns aufspüren würden.

Abschied von meinem treuen Freund

Seitdem ich zur Nachtruhe den Sack mit Maiskolben als Kopfkissen benutzte, hoppelte ich Struppi nicht mehr und er entfernte sich nie weiter als 30 bis 50 Meter von meinem Lager und seinem geliebten Mais. Wie sich an einem Spätnachmittag erwies, wurde diese Nachlässigkeit für mich zur Katastrophe. Auf einer Talwiese nahe einer Blockhütte erkannte Struppi einige Pferde (die ich nicht gesehen hatte) und fing aus Leibeskräften an zu wiehern. Nachdem aus dem Tal Antwort kam, galoppierte er den Berghang hinunter auf die Pferde zu. Im ersten Schrecken wusste ich nicht, ob ich über den Verlust des treuen Freundes weinen oder ob ich mich für ihn freuen sollte, da er nun unter den Seinen war. Struppi war fast doppelt so groß wie seine Gefährten, das bedeutete für mich große Gefahr! Sofort versteckte ich Sattel, Zaumzeug und den größten Teil unseres Proviants in einer Felshöhle und entfernte mich unverzüglich mit meinem reduzierten Gepäck. Durch einen Ginsterbusch getarnt, beobachtete ich die Reaktion auf die Ankunft Struppis bei Haus und Pferden. Auf das Gewieher hin kamen zwei Männer aus dem Haus und beobachteten

erstaunt, wie ich auch, wie nach der
freundschaftlichen Begrüßung plötzlich ein
Kampf zwischen Struppi und einem kleinen
Hengst entbrannte, der die Herrschaft über
seinen Harem nicht so ohne weiters aufgeben
wollte. Nach einer Weile hitziger Gefechte gab
der kleine Hengst erschöpft und angeschlagen
den Kampf auf, während Struppi stolz und
erhaben inmitten der kleinen Schar seiner
Bewunderer stand.

Die Männer betrachteten ihn näher, sichtlich
erfreut über den großen Zuläufer, trafen aber
keinerlei Anstalten, seine Herkunft zu ermitteln.
Ich war beruhigt.

Noch lange, bis zum Dunkelwerden beobachtete
ich Struppi, der nun friedlich mit seiner neuen
Familie graste. Die bevorstehenden einsamen
Fußmärsche bedeuteten für mich meinen Dank
für seine monatelange Treue und waren mein
Tribut für sein glückliches Weiterleben.

Während unserer gemeinsamen Zeit hatte ich
mich oft gefragt, was wohl einst aus Struppi
werden würde. Die Antwort gab er selbst und das
war gut so.

Es war nicht leicht, mich an die Einsamkeit zu
gewöhnen, nach den Monaten mit Struppi, in
denen wir alles teilten, so manchen heißen Tag

ohne Wasser, so manchen Maiskolben in den
kalten Nächten am Feuer.

Wir hatten uns in allen Situationen gründlich
kennen gelernt und uns rücksichtsvoll
verstanden. Nie wieder in meinem Leben bin ich
einem Tier so nahe gestanden.

Trotz allem musste ich mein Unternehmen
zielbewusst weiterführen und in Anbetracht des
fortgeschrittenen Herbstes galt es, Alternativen
zu ermitteln, um die restliche Strecke bis über
die Armenisch-Russische Grenze in die Türkei
zu bewältigen.

Die langen Fußmärsche über das Geröll der
Berge verminderten meine Leistungsfähigkeit
spürbar, zumal die Sohlen meiner Filzstiefel trotz
häufiger Reparaturen nun am Ende waren. Es
blieb nur noch das Umwickeln der Füße mit
Sackstücken und dem Rest meiner Angelschnur
als Befestigung.

An einem klaren Spätnachmittag erkannte ich im
Tal mehrere Erzbergwerke und, was meine
Aufmerksamkeit besonders erweckte, eine
Eisenbahnstrecke mit vielen Güterwagen, welche
mit Erz und Holzstämmen beladen waren. Das
lange Tal, durch das die Bahnstrecke führte,
verlief in Richtung Südwest, darin sah ich eine
Alternative.

Zwischen vor Wind schützenden Felsen kochte ich mein Maismahl, richtete mein Nachtlager und fiel erschöpft in einen tiefen Schlaf. Im Morgengrauen machte ich mich auf den Weg bergab in Richtung Bahnstrecke, bis zu den Geleisen. Dort versteckte ich mich in einem dichten Gebüsch neben dem Bahndamm. Nach einigen Stunden des Beobachtens und Wartens war von Fern das Stampfen der Lokomotive zu hören – es kam immer näher und es waren unzählige Waggons die von der qualmenden Maschine gezogen wurden. Das Ganze bewegte sich im Schritttempo und als die ersten Tieflader schon an mir vorbei waren, wurden einige Waggons mit großen Holzstämmen sichtbar. Hier sah ich meine Chance, als blinder Passagier mitzufahren.

Da die Strecke eine leichte Linkskurve machte, konnte ich, von der Lokomotive ungesehen, zwischen zwei Waggons aufspringen. Mit viel Vorsicht legte ich mich zwischen zwei der obersten Holzstämme, wo ich von keiner Seite gesehen werden konnte. Völlig erschöpft fühlte ich mein Herz fast so heftig klopfen wie das Stampfen der Lokomotive. Auf dem Rücken liegend sah ich die Berge zu beiden Seiten ganz langsam an mir vorbei ziehen. Nach

Sonnenuntergang wurde es kalt und um meinen nagenden Hunger zu stillen, knabberte ich fast die ganze Nacht hindurch Maiskorn für Maiskorn aus meinem Vorrat. Den Proviantsack benutzte ich als Kopfkissen und trotz meines eisernen Willens, wach zu bleiben, fiel ich in einen tiefen Schlaf. Das wurde mir, als es tagte, zu meinem Verhängnis.

Wieder Gefangener

Der Zug war in einer Kleinstadt stehen geblieben und wurde kontrolliert. Ein unsanfter Fußtritt ließ mich aus dem Schlaf aufschrecken. Über mir stand ein russischer Soldat mit umgehängter Maschinenpistole und fragte mich, sichtlich ungehalten, was ich da mache und woher ich käme. Mir war sofort klar, dass in dieser Situation nur etwas völlig Unerwartetes wirken konnte. Lachend antwortete ich, dass ich zusammen mit den Kollegen des Arbeitskommandos das Holz, auf dem er stünde, geschlagen und aufgeladen habe und vor Müdigkeit beim Rasten eingeschlafen wäre. Im selben Atemzug bat ich ihn, mir zu helfen, wieder zu meinem Kommando zurück zu kommen, damit ich keine Schwierigkeiten bekäme.

Sichtlich verunsichert befahl mir der Soldat, mit ihm zu kommen. Den Proviantsack ließ ich wohlweislich liegen und begleitete ihn zu einer ehemaligen Schule, wo die Stadtkommandantur eingerichtet war. Dort übergab er mich einem jungen Offizier, der mich in sein „Büro" führte. Das Verhör begann mit der Frage, ob ich Gefangener wäre. Ich bejahte. Daraus folgerte er:

„Also auf der Flucht!" Daraufhin begann ich zu
lachen, was ihn etwas aus dem Konzept brachte.
Ich bat ihn, auf der etwas vergilbten Russland-
Karte, die an der Wand hing, erklären zu dürfen,
warum eine Flucht nicht in Frage käme. Mir war
klar, dass es sich hier um meine letzte Chance
handelte, einer Exekution zu entgehen, die mich
laut russischem Militärgesetz treffen würde, und
zwar ohne jegliches Gerichtsverfahren.
Leicht verdutzt gestattete mir der Offizier meine
Erklärung anhand der Karte. Ich zeigte ihm, wo
ich zuhause war und in welche Richtung der Zug
fuhr, auf dem ich gefunden worden war.
Außerdem erklärte ich ihm, dass in dieser
Richtung bald die Türkei käme und ich (wissend,
dass die Russen die Türken wegen ihrer
Brutalität hassen) doch wohl niemand so dumm
wäre, zu den Türken zu flüchten. Die Erklärung,
wo Deutschland wäre und wo die Türkei, schien
ihm eingeleuchtet zu haben; zudem meine
Aussage, dass ein Flüchtling sich nicht auf einen
Zug zum Schlafen legen würde, sondern zu Fuß
durch die Berge ginge.
Dem Offizier schien es nun in der Hauptsache
darum zu gehen, wie er mich zu meinem
Holzfällerkommando (das es gar nicht gab)
zurück befördern sollte. Er sagte mir, ich müsse

in der Kommandantur bleiben, bis der nächste Zug zurückfahren würde. Es war schon Nachmittag, ein Soldat wurde beauftragt, mich zu bewachen, mich in der Küche zu verköstigen und mich in einigen Tagen mit dem Zug zur Ausgangsstation zu begleiten. Seit langer Zeit hatte ich nicht mehr so gut und so viel gegessen. Es dauerte nicht lange, und der Soldat, dem ich unterstellt war, wurde schon beinahe zu meinem Freund. Ich erzählte ihm von der schweren Waldarbeit, vom schlechten Essen und lamentierte über meine zerrissene Wäsche und Stiefel. Diese Nacht schlief ich wie ein König in der Mannschaftsbaracke, zusammen mit ihm und noch weiteren zehn Soldaten. Am nächsten Morgen, nach ausgiebigem Frühstück, führte mich mein Bewacher zu einem Militärdepot, wo ich eine gut erhaltene Winterjacke, eine Militärhose und Stiefel bekam.

Bis jetzt war alles für mich unerwartet günstig verlaufen, vor allem, wenn man bedenkt, dass ich durch unüberlegte Aussagen oder Zeichen von Angst wahrscheinlich schon beim Verhör einem Genickschuss zum Opfer gefallen wäre. Mein Bewacher teilte mir nach der Einkleidung im Depot mit, dass der Zug mit Personenwagen erst in zwei Tagen käme und ich in der Zwischenzeit das Offiziershaus, also die Schule, neu streichen müsse. Sicherlich war er mit der Aufgabe beauftragt worden und sah nun die Möglichkeit, das Malen auf mich zu übertragen. Wir holten einige Kübel Ölfarbe aus dem Magazin, wobei es bei der Wahl der Farben zu Meinungsverschiedenheiten kam. Er wollte Blau – ich war für Grün. Der Lagerverwalter entschied dann doch für Grün und wir machten uns mit Kübeln und großen Pinseln auf den Weg zum Offiziershaus. Keiner der beiden hatte bemerkt, dass ich auch eine kleine Büchse roter Farbe mitgenommen hatte.

Unverzüglich machte ich mich an die Arbeit, und mit Hilfe einer langen Leiter gelang es mir, die Schule in ein ansehnliches Gebäude zu verwandeln. Am darauf folgenden Tag, als auch die Seiten und die Rückwand grün glänzten, vollendete ich mein Werk mit einer künstlerischen Überraschung: In kurzer Zeit leuchtete ein großer, roter Fünfzacken-Stern über dem Haupteingang der Kommandantur, was mir Lob und Anerkennung einbrachte. Der Verhör-Offizier beschenkte mich mit einer Schachtel Zigaretten und ordnete an, dass ich noch länger bleiben sollte, um auch einige andere öffentliche Gebäude zu verschönern. Auch die Bahnstation

entging meinem Pinsel nicht und überall wurde
der rote Stern zur Krönung meiner Kunst.

Nach wenigen Tagen war ich bekannt und aus
dem fremden Gefangenen wurde bald eine Art
Unikum. Als die wichtigsten Gebäude fertig
gestrichen waren, bestieg ich mit meinem
Wachposten – der sich aber mittlerweile mehr als
Reisebegleiter zeigte – den rumpelnden Zug in
Richtung Nordosten. Vor der Abfahrt übergab
der Verhör-Offizier meinem Begleiter einen
Briefumschlag, in dem vermutlich ein
Überweisungsschreiben mit guter Betragensnote
steckte. Unser Reiseproviant bestand aus einer
großen Tüte voller Wurstbrote und an den
Stationen besorgte der Begleiter heißen Tee, den
wir aus Blechbüchsen tranken. Einen Tag und
eine Nacht dauerte das Gerumpel auf
spartanischer Holzbank, begleitet vom Stampfen
und Zischen der Lokomotive.

Wir waren am Ziel und anscheinend auch an der
Endstation angekommen. Eine unfreundlich
wirkende, lang gezogenen Stadt, mit vielen
rauchenden Schornsteinen. Am Bahnhof
erkundigte sich mein Begleiter nach dem Lager
der Gefangenen und bekam die Richtung
gewiesen. Wir marschierten etwa eine halbe
Stunde. Weit außerhalb des Ortes lag ein mit

Stacheldraht umzogenes Lager mit vielen
Menschen, überragt von einem Holzturm.
Deprimierend, aus einer bescheideneren
Perspektive gesehen, musste ich Gott danken,
dass ich noch zu den Lebenden gehörte.
Am Lagertor angekommen wurde ich vom
Wachunteroffizier in die Verwaltungsbaracke
geführt und mein Bewacher übergab dem
Kommandanten das Schreiben mit einigen
erklärenden Worten über mein gutes Verhalten,
sowie meine empfehlenswerte Arbeitsqualität.
Daraufhin wurde das anfangs mürrische Gesicht
des Offiziers schon etwas freundlicher. Mein
Begleiter verabschiedete sich mit militärischem
Gruß vom Kommandanten und mit einem
Handschlag auf meine Schulter von mir. Das
Lagertor schloss sich hinter ihm und ich war
wieder da, wo ich vor sechs Monaten glaubte, nie
wieder sein zu müssen. Es folgten Formalitäten
mit der Beantwortung einer Reihe von Fragen,
die ein Schreiber sorgfältig in ein Formular
eintrug, beginnend mit meinem Namen, den ich
hier zum dritten Mal wechselte. Als Beruf gab
ich Traktorist an.
Dies verwunderte den Beamten etwas, denn er
meinte, in den Schreiben vor ihm stünde
„Maler". Dazu erklärte ich ihm, dass ich nur

dann Malerarbeiten mache, wenn ich keinen
Traktor hätte, also Maler mein Ersatzberuf wäre.
Das passte aber nicht in sein Formular und so
blieb es beim Traktoristen. Als Herkunft wurde
die Kommandantur und der Ort aus dem
Schreiben eingetragen, was mir eine nicht zu
beschreibende Erleichterung verschaffte. Bei
dieser Aussage blieb es auch meinerseits allen
Lagergenossen gegenüber.
Nach Abschluss der bürokratischen Formalitäten
bekam ich Wäsche als Ersatz meiner
lumpenartigen Unterbekleidung, ein Stück
Kernseife, ein Handtuch, einen großen, schon
etwas verbeulten Blechteller und einen
Holzlöffel. Mit dieser Ausstattung wurde ich von
einem Zivilisten, anscheinend der Hausmeister
einer der Baracken, zu meinem zukünftigen
Schlafplatz geführt. Etwa 40 Mann waren hier
untergebracht.
Die Doppelbetten mit Strohsäcken standen an
den beiden Längsseiten. Den Mittelpunkt des
Raumes bildete ein großer Eisenofen, an dessen
beiden Seiten lange Tische mit Bänken das
„Home sweet Home" vervollständigten. Im
Vorraum waren Duschen und Toiletten
eingerichtet, letztere vom Typ des kollektiven
„Donnerbalkens".

Am Spätnachmittag kamen die Kollegen von der Arbeit. Eine Lastwagenkolonne brachte sie und an der Gesichtsfarbe war zu erkennen, dass sie in einem Bergwerk arbeiteten; dunkler Staub bedeckte ihre Kleidung und Stiefel. Nach dem Essen, das in zwei großen Eimern aus der Küche geholt wurde, saßen wir alle um die Tische und ich musste erzählen, woher ich komme, wer ich bin, was ich hier mache und vieles mehr. In vielem musste ich etwas von der Wahrheit abweichen, da erfahrungsgemäß immer „Informanten" unter den Gefangenen waren. Als die Neugier meiner Kollegen gestillt war, kam ich mit einer Menge Fragen zum Zug. Es stellte sich heraus, dass die meisten meiner Leidgenossen russische Zivilgefangene, also polnische Hilfswillige (Hiwi's) der deutschen Wehrmacht waren, die in Stalingrad gefangen genommen worden waren. Die Belegschaft unserer Baracke war also eine reichlich bunte Mischung von Menschen, von denen jeder Einzelne durch seine Vergangenheit reichhaltigen Stoff für einen Bestseller hätte liefern können. Die Müdigkeit löste nach und nach die Neugier ab und einer nach dem anderen verkroch sich auf dem knarrenden Bettgestell. Trotz meiner Müdigkeit konnte ich in dieser

Nacht nur schwer einschlafen. Die neue
Umgebung und die Spannung auf das
Kommende gingen mir zermürbend durch den
Kopf.

Morgens, es war noch dunkel, wurden wir durch
die gellenden Schläge des Hammers auf die
aufgehängte Eisenschiene im Hof mehr
aufgeschreckt als aufgeweckt und der neue Tag
in der neuen Welt begann mit Tee, Brot und
einem Löffel Zucker. Nach der alt gewohnten
Zählung, die ich während meiner
sechsmonatigen Freiheit schon ganz vergessen
hatte, fuhren wir auf einem Lkw zur Mine. Bei
der Arbeitseinteilung wurde ich dem
Oberaufpasser als Neuling vorgestellt, und als
dieser erfuhr, dass ich Traktorist sei, zeigte er
sich beinahe erfreut. Nachdem die anderen zur
Arbeit eingeteilt waren, führte er mich zu einem
großen Holzschuppen und zeigte mir einen alten,
verrotteten Radtraktor. Nach einer Weile sagte er
mir im Befehlston, dass dieses Wrack die
Erzkarren bis zum Gleisanschluss ziehen sollte,
damit die Leistung der Mine verbessert würde.
Gleichzeitig befahl er mir, den Traktor gründlich
zu untersuchen und ihm bis Mittag zu sagen, war
ich bräuchte, um diesen wieder betriebsfähig zu
machen.

Pünktlich kam er, in Begleitung eines Schreibers, der alles aufschrieb und schon nach dem Essen konnte ich mit einem Gehilfen an die Zerlegung des Vehikels gehen. Es dauerte eine ganze Woche, bis die Arbeit und damit die Wiederherstellung beendet waren. Schon am darauf folgenden Tag zog ich mit dem qualmenden Ungetüm die Erzkarren auf einer Schienenverlängerung zu den Tiefladewaggons. Als „Spezialist" wurde ich bei der Verpflegung begünstigt und bekam sogar regelmäßig Tabak.

Noch einmal fliehen?

Trotz allem wurde ich den Gedanken nicht los, einen zweiten Fluchtversuch zu wagen, denn einen normale Entlassung war in meiner neuen Situation kaum zu erwarten. Außerdem verlockte mich die Nähe zur türkischen Grenze. Was jedoch das Risiko wesentlich erhöhte, war die starke Präsenz des Militärs an dieser Grenzzone.

Nach einigen Wochen dieses gehobenen Spezialistenlebens wurde ein plötzlicher Strich durch meine Fluchtidee gemacht. Eines Morgens während der Zählung wurde ich zur Kommandantur beordert, wo mir ein Offizier sagte, dass dieses Lager nicht für Kriegsgefangene zuständig sei und ich deshalb in ein normales Kriegsgefangenenlager überführt werden müsse.

Einige Tage später trat ich, in Gesellschaft der beiden Polen und eines Wachsoldaten, die Zugreise nach Norden an. Nebel und Kälte machten die zwei Reisetage zur Qual, und bei jeder Station rechnete ich aus, wie weit wir die türkische Grenze hinter uns ließen. In einem kleinen Städtchen stiegen wir aus und marschierten durch hohen Schnee, vorbei an grauen, unfreundlichen Häusern zum Ziel der Reise, einem Lager, nicht anders als die anderen. Nach der Übergabe an die Wachposten bekamen wir jeder eine alte, modrige Decke und wurden einer der Baracken zugeteilt. Nach einer eiskalten Nacht stapften wir in einer langen Kolonne durch den Schnee bergauf bis zu den steinigen Wäldern, wo in einem großen Schuppen Werkzeuge auf uns warteten. Das ganze hieß „Waldkommando" und nachdem ich mich mit einer stumpfen Axt bewaffnet hatte, wurden wir in kleinen Gruppen in der winterlichen Landschaft verteilt. Die Tagesnorm musste erfüllt werden und das Beladen der Lastwagen mit dem geschlagenen und gesägten Holz durfte nicht lange dauern. Das Geschrei der Wachposten und Fahrer sorgte für den Tiefstand unserer Stimmung.

Todmüde und vom Schnee durchnässt kamen wir erst bei Dunkelheit ins Lager zurück. Der einzige Genuss waren die heiße Suppe und der aus einem alten Benzinfass improvisierte Barackenofen, an dem wir uns wärmten und trockneten. Hunger und Kälte prägten die folgenden Wintermonate. Als es wieder wärmer zu werden begann und der Schnee dem Grünen der Bergwelt wich, wurde auch die Stimmung etwas besser. Anscheinend auf höhere Anordnung hin wurde der arbeitsfreie Sonntag eingeführt. Die Musikliebe der Wachmannschaft nutzend, gründeten wir eine Musikband, mit Instrumenten, die uns die Russen verschafften. Mein Job war das Schlagzeug, und ein Nürnberger namens Hans, mit dem ich besonders befreundet war, bekam ein italienisches Schifferklavier, womit er die führende Rolle im „Orchester" übernahm. Dazu kamen noch eine Flöte und einige Gitarren als Begleitinstrumente.

Nachdem wir genug geübt und auftrittsfähig waren, holten uns die Russen eines Samstagabends mit dem Lastwagen in das Offizierskasino einer nahen Kaserne, um ein Fest musikalisch zu bereichern. Wir ernteten Beifall und wurden während der Spielpausen fürstlich bewirtet. Beim Anblick des Überflusses an Essbarem kam mir die Idee, meine große Pauke mit Fußbedienung seitlich so aufzuschneiden, dass eine Klappe entstand. In der Folge verschwand in dieser Klappe – wenn die Russen schon etwas angeheitert und weniger aufmerksam waren – so mancher Leckerbissen. Am Ende des Festes mussten wir die Pauke zu zweit tragen. Sonntagmorgen gab es ein großes Frühstück für die ganze Barackengemeinschaft.

So kleine Routinebrecher sorgten immer wieder für die moralische Wiederaufrüstung.

Die von Frost und Schnee beschädigten Straßen der Umgebung veranlassten die Behörden, einen Teil der Lagerbesatzung zur Wiederinstandsetzung der Straßen einzusetzen. Auch unsere Belegschaft wurde diesem neuen Kommando zugeteilt. Die nächste Zeit waren wir also dabei, die Straßengräben tief auszuheben, Löcher mit angefahrenem Kies aufzufüllen und Unebenheiten zu glätten.

Für die Samstagabende war unsere Kapelle ausgebucht und das Üben verbesserte unser Repertoire immer mehr. Eines Tages brachten die Russen ein leicht verbeultes, aber funktionierendes Saxophon. Es fand sich auch gleich ein Saxophonist, ein Wiener, der dieses Instrument vor dem Krieg in einem Nachtlokal gespielt hatte. Es war eine spürbare Bereicherung unserer „Band" und damit eine Aufbesserung unseres „Status". „Lilly Marleen" hörte sich zweistimmig wesentlich besser an. Der russische Lagerkommandant kam nun auf die Idee, uns regelmäßig für Hochzeiten und Feste zu vermieten. Wir ernteten dadurch gutes Essen und die Sympathie der ganzen Umgebung. Samstags brauchten wir nicht mehr zu arbeiten, sondern sollten üben, also verschaffte uns die Musik zwei freie Tage pro Woche. Zur Verfeinerung meines Schlagzeuges bastelte ich mir aus einem abgerissenen Drahtseil zwei stattliche „Jazz-Besen" und so nach und nach wurde ich beinahe zu einem Musikprofi, eigentlich wir alle, denn mit Ausnahme des Saxophonisten hatten wir nur Amateur-Niveau.

Leider ist alles Gute und Schöne im Leben nicht dauerhaft und so war es auch mit unserem Frühling im Kaukasus. Durch höheren Befehl wurde das Lager aufgelöst und wieder einmal ging es auf die Reise. Diesmal gemeinsam in die Ukraine, in eine Kolchose nahe Winniza, eine Gegend, die mir aus dem letzten Kriegsjahr nicht unbekannt war.

Mein Freund Hans und ich wurden wunschgemäß als Traktoristen beschäftigt. Die Musikband bestand weiter, nur mit weniger Vergünstigungen, also hauptsächlich für die Lagerbelegschaft. Unterkunft, Verpflegung und Behandlung waren hier unvergleichlich besser als in der Vergangenheit.

Es war Juni 1948. Der Klimawechsel von der rauen Kälte der Bergwelt in die sengende Hitze des Flachlandes machte uns anfangs schwer zu schaffen. Wir arbeiteten ohne Hemd, was uns in

Kürze fast wie Neger aussehen ließ. Nachts war
es in den Baracken, die tagsüber von der Sonne
stark aufgeheizt wurden, so heiß, dass der so
nötige Schlaf oft unmöglich war. Dazu kamen
Tausende von Fliegen und Mücken, die die
Nacht zur Qual werden ließen.

Die Sonnenblumenernte begann und wir
knabberten unaufhörlich die Kerne, die unsere
Taschen füllten, wie wir es von den Russen
gelernt hatten.

Unsere landwirtschaftliche Tätigkeit ging mit
abgeschlossener Sonnenblumenernte zu Ende
und wir wurden bis auf eine kleine Gruppe nach
Busk verfrachtet, wo wieder eine Kolchose auf
uns wartete, diesmal zur Kartoffelernte. Das
Lager war am Stadtrand gelegen und mit zirka
dreihundert Gefangenen belegt. Der größte Teil
der Gefangenen befasste sich mit Kartoffeln,
während ich als „Traktorspezialist" mit der
Bedienung der Straßenwalze beauftragt wurde.
Mein Job war das Einwalzen von
aufgeschüttetem Kies auf einer etwa drei
Kilometer langen Straße, welche die Stadt mit
der Bahnstation „Krasny" verbinden sollte. Das
vorsintflutliche Gerät litt schon stark an
Altersschwäche, aus allen Fugen leckte Öl oder
Wasser und ein großes Rad stellte die

Lenkspindel dar, so klein, dass für jede nur geringste Richtungsänderung unzählige Umdrehungen des Eisenrades notwendig waren. Die Schwielen meiner Hände wuchsen täglich und um meine Armmuskulatur wäre jeder Berufsboxer neidisch geworden. Die vorgeschriebene Tagesnorm, nach abgesteckter Strecke, war nur schwer zu erreichen. Diesmal hatte sich mein Hang zum Traktor als absolute Fehlentscheidung erwiesen, denn während meine Kollegen in langen Pausen Kartoffeln rösteten, musste ich in Anbetracht der Norm auf jegliche entspannenden Unterbrechung verzichten. Schon in der zweiten Woche machte sich das Auslaufen eines der Kurbelwellenlager durch weithin hörbares Klopfen bemerkbar. Das erforderte einen mehrtägigen Werkstattaufenthalt. An einem dieser Tage mussten die Mechaniker zu einem Fotografen, um Bilder für ihre Ausweise zu bekommen. Da wir schon etwas befreundet waren, nahmen sie mich mit. Ich stülpte mir eine Pelzmütze auf den Kopf wie die Russen, stellte mich in die Schlange der Fotografiert zu werdenden und schon klappte vor mir der Verschluss der museumsreifen Kamera.

Dann bekam ich wortlos einen Zettel mit einer Nummer und schon am nächsten Tag war ich im Besitz von zwei kleinen, ordentlichen Fotos, die ich sorgfältig in Papier eingewickelt in meiner Jacke versteckte.

Als der Walzentraktor wieder betriebsfähig war und ich in der Zwischenzeit die Lenkspindel mit gutem Lagerfett geschmiert hatte, ging die Kraftprobe auf der Straße weiter. Es dauerte noch zwei Wochen, bis die Straße fertig war und damit war mein Abschied von der Walze gekommen. Am Tag darauf ging es in die Kartoffeln, wo ich mich wieder etwas erholen konnte.

Es war jetzt Anfang Oktober 1948, die Nächte wurden kühler und die Fliegen und Mücken weniger. Hans und ich kamen zu einer neuen Arbeitsgruppe. Wir mussten Bierfässer in der örtlichen Brauerei innen mit heißem Teer austeeren. Während der Pausen labten wir uns mit Gerstenmalz und tranken erstmals in der Gefangenschaft Bier. Das waren einige Wochen der Erholung und Stärkung.

Zufall oder Schicksal?

Eines Nachts wurden wir mit viel Geschrei geweckt und mussten auf dem Hof in Hundertschaften, wie zur täglichen Zählung, antreten. Am beleuchteten Lagertor sahen wir einige Militärlastwagen stehen und Wachposten und Fahrer schrieen unaufhörlich „dawai" (schnell). Das laute Abzählen in Fünferreihen endete zwei Reihen hinter mir, wo der Soldat seinen Arm zwischen die beiden Reihen steckte und den Gezählten den Befehl gab, einige Schritte vorzutreten.

Darauf kam die Lastwagen-Begleitmannschaft, übernahm uns und führte uns vor das Tor und verteilte uns gleichmäßig auf die Fahrzeuge. Ich konnte noch sehen, wie meine Kollegen wieder in der Baracke verschwanden und beneidete sie um ihren Weiterschlaf.

Die Fahrt ging nun durch die Stadt und dann auf der von mir gewalzten Straße zum Bahnhof, wo ein langer Güterzug auf uns wartete. Mein erster Gedanke war, dass wir nach Osten oder nach Sibirien verfrachtet würden.

Am Ende des Zuges angekommen, mussten wir absteigen und uns auf die beiden letzten

Waggons, deren Schiebetüren schon offen
standen, verteilen. Zusammen waren wir 80
Gefangene, also wurden jeweils 40 in einem
Waggon untergebracht.

Hinter uns schlossen sich die Türen und da diese
Viehwagen keinerlei Öffnung hatten, war es um
uns stockfinster. Alle setzten sich auf den Boden
und sogleich begann das große Rätselraten,
wohin unsere Reise wohl gehen würde. Die
Mannschaft spaltete sich dabei ganz klar in zwei
Meinungsgruppen – in die positiv Denkenden
und die notorischen Pessimisten. Ein gewaltiger
Ruck unterbrach die Diskussion und nach einem
anhaltenden Pfiff rollten wir langsam los. Ich
machte mich in einer Ecke des Waggons daran,
mit einem improvisierten Taschenmesser einen
Sehschlitz in der Holzwand zu öffnen. Es war die
einzige Möglichkeit, bei Tageslicht feststellen zu
können, in welche Richtung die Reise ging, denn
an den Türen waren überlappende
Eisenbeschläge angebracht. Am frühen Mittag
war mein Werk vollbracht und ich konnte
feststellen, dass wir in Richtung Norden fuhren.
Von da an war ich der Nachrichtendienst für die
übrige Waggongemeinschaft.

Um die Mittagszeit rollten wir auf das
Abstellgleis einer Station, wo Verpflegung

verteilt wurde. Tee kam in großen Kübeln und wir tranken der Reihe nach aus einer einzigen Blechbüchse. Nach einer Weile, wobei wir sogar zur Verrichtung kleiner und großer „Geschäfte" den Waggon verlassen durften, ging die Fahrt weiter. Keiner der Wachposten beantwortete unsere Frage nach dem Wohin der Reise.

Einige Tage später machte der Zug auf offener Strecke Halt und wir wurden aufgefordert, uns gründlich zu entleeren, worauf es weiterging und wir in einem großen Bahnhof mit der Aufschrift „Brest-Litowsk" halt machten. Neben uns stand ein langer, leerer Zug bereit – anscheinend für uns. Wir wurden in Marschordnung zu einer außerhalb gelegenen Baracke geführt, getrennt von den anderen Waggon-Belegschaften. Dann kam die große Zählung. In dieser sehr langen Baracke bekamen wir beim Eingang große Blechteller, Löffel und Blechtassen. Damit ging die Schlange weiter an großen Kesseln vorbei, wo unsere Teller mit Hirsebrei gemischt mit Gulasch und unsere Blechtöpfe mit heißem Tee gefüllt wurden. Wir fühlten uns wie Könige und genossen das Festessen, nur fragten wir uns, warum die Russen auf einmal soviel Aufmerksamkeit und Fürsorge zeigten.

Zurückgekommen zum Bahnhof bestiegen wir den neuen Zug, der genauso lückenlos geschlossen war, wie der erste, nur hatte er am Dach eine Lichtklappe mit Glas und eine Ecke des Waggons war mit einem richtigen WC ausgestattet. Nachdem sich die Schiebetür hinter uns geschlossen hatte, sahen wir uns zwar gegenseitig, nicht aber die Außenwelt. Das veranlasste mich wieder, einen Sehschlitz zu öffnen, der aber erst am Nachmittag des nächsten Tages fertig war. Ich berichtete wieder laufend meinen gespannten Kollegen über die Außenwelt. Durch ein kleines Städtchen verminderte der Zug seine Geschwindigkeit und ich konnte ganz deutlich neben der Bahnlinie einen Friedhof sehen, mit vielen Menschen und noch mehr brennenden Kerzen. Es war der 2. November, Allerseelentag. Wir fuhren also nach Westen, durch Polen, denn in Russland gab es den Allerseelentag nicht und außerdem war religiöser Kult untersagt.

Der Weg nach Hause

Am nächsten Nachmittag trafen wir in Frankfurt an der Oder ein und wurden im Entlassungslager sehr freundlich von russischen Behörden und noch freundlicher von der Mannschaft des Roten Kreuzes empfangen. Im erstmaligen Kontakt mit unseren Kollegen aus den übrigen Waggons erfuhren wir, dass es sich um einen Entlassungstransport von malariakranken Kriegsgefangenen aus dem Küstengebiet des Kaspischen Meeres handelte. Der Kommandant dieses Transportzuges hatte – laut Aussage eines Dolmetschers – den Auftrag, zweitausend Malariakranke in Frankfurt an der Oder abzuliefern.

Damit er keine Schwierigkeiten bekäme, hielt er den Zug bei unserem Lager an, es war das letzte vor der Grenze, setzte sich mit unserem Lagerkommandanten in Verbindung und bekam von diesem die Anzahl von Gefangenen als Ersatz für die auf der langen Reise gestorbenen und über Bord geworfenen Malariakranken. Somit stimmte dann die Zählung der Zweitausend in Brest-Litowsk.

Wieder war es ein „Zufall", dem ich mein Glück zu verdanken hatte. Wäre ich bei der Auszählung in unserem Lager zwei Reihen weiter hinten gestanden, hätte die Gefangenschaft für mich sicher noch einige Zeit gedauert. In Frankfurt an der Oder wurden wir entlaust, bekamen neue Unterwäsche, der Rest unserer Bekleidung wurde ebenfalls „tierfrei" gemacht, durch einen Entlausungsofen.

Unsere Entlausungsscheine wurden ausgestellt und wir bekamen Essen. Ein anscheinend höherer Beamter der ostdeutschen KP hielt uns im Beisein eines russischen Offiziers in dessen Namen einen Verabschiedungsvortrag, worin er seinen Dank aussprach für unsere Mitwirkung am Wiederaufbau der Sowjetunion. Er bedauerte, dass wir in unsere kapitalistische Heimat zurück müssten und dass wir als echte Kommunisten für den Weltfrieden kämpfen sollten. Er sagte noch vieles, was uns erstmals die Divergenzen zwischen Ost und West aufzeigte.

Am nächsten Morgen wurden wir gruppenweise in die Züge zu den verschiedenen Grenzstationen gebracht. Ich war in der Gruppe, die nach Hof in Bayern abfuhr. Dort angekommen, wurden wir in einer Sanitätsbaracke vom Roten Kreuz untersucht, bekamen einen Fahrschein bis zu unserem Heimatort und 110 Deutsche Mark Kopfgeld, ein kleines Vermögen, so kurz nach

der Währungsreform. Nach Abschluss aller
Formalitäten führte uns ein russischer Soldat
zum Bahnhof, um uns der amerikanischen
Besatzungsmannschaft zu übergeben. Kurz
vorher drückten uns einige Ostbeamte eine
Menge Papier in die Hand und wünschten uns
viel Glück. Bei näherer Betrachtung handelte es
sich um Werbeschriften, Partei-Zeitungen und
Eintrittsformulare für die Kommunistische
Partei. Am Bahnsteig des Zuges empfingen uns
amerikanische Soldaten, die uns den ganzen
Papierkram wieder abnahmen und unsere Gruppe
in den Zug nach München verfrachtete.
Aus dem Fenster konnte ich noch beobachten,
wie einer der Amerikaner den Sack mit dem
abgenommenen Propaganda-Material dem
abseits wartenden russischen Begleiter
aushändigte.
Ich musste darüber herzhaft lachen, wie auch
meine Kollegen, denen ich es erzählte.
Am Münchner Hauptbahnhof angekommen, war
nach der Verabschiedung von den Kollegen mein
erster unbewachter Gang zur Milchstube, wo ich
einen großen Becher kalter Buttermilch – wie
einst in der Schulzeit – genüsslich schlürfte.
Danach rief ich aus einer Telefonzelle zuhause
an. Meine Mutter ging an den Apparat und

konnte nicht glauben, dass ich in München war. Als sie es dann erfasst hatte, konnte sie vor Weinen nicht mehr sprechen. Sie wusste also, dass ich mit dem Zug nach Grafrath käme und über Wildenroth nach Hause gehen würde. In Grafrath angekommen, schneite es dicke Flocken und ich stapfte im Schneegestöber durch die stockdunkle Nacht. Auf halbem Weg kam mir mein Bruder entgegen und als wir uns ganz nahe gegenüber standen, begrüßten wir uns halb weinend, halb lachend – keiner konnte etwas sagen und trotzdem wusste jeder, was der andere sagen wollte.

So gingen wir nach Hause, wo meine Mutter schon dabei war, eine Haferschleimsuppe für mich zu kochen. Sie fiel mir um den Hals und sagte, dass es nach dem vielen Hungern das Beste für den Übergang wäre. Ich machte ihr die Freude und aß die Suppe, obwohl ich mir alles eher gewünscht hätte als Haferschleim!

Rüdiger von Reininghaus